TRANZLATY

Tá teanga ann do gach duine

Language is for everyone

Glaoch Cthulhu

The Call of Cthulhu

H.P. Lovecraft

Gaeilge
English

www.tranzlaty.com

An tUafás Déanta as Cré
The Horror Made of Clay

Tá rud amháin ann a mheasaim a bheith thar a bheith trócaireach.

There is one thing I find particularly merciful.

Neamhábaltacht intinn an duine imeachtaí a chomhghaolú.

The inability of the human mind to correlate events.

Is beannacht é nach féidir linn an domhan a thuiscint.

It's a blessing that we can't understand the world.

Maireann muid go sona sásta ar oileán suaimhneach na haineolais.

We live blissfully on a placid island of ignorance.

Oileán i lár na farraige dubha gan teorainn.

An island in the midst of black seas of infinity.

Agus ní raibh sé i gceist go ndéanfaimis turas fada.

And it was not meant that we should voyage far.

Téann na heolaíochtaí i dtreonna éagsúla.

The sciences each strain in their own directions.

Ach go dtí seo níor rinne fionnachtana na heolaíochta mórán dochair dúinn.

But hitherto science's findings have harmed us little.

Ach lá éigin cuirfear eolas scartha le chéile.

But some day dissociated knowledge will be pieced together.

Osclófar radhairc scanrúla na réaltachta dúinn.

Terrifying vistas of reality will open up to us.

Agus fágfar sinn i bpointe dearcadh scanrúil.

And we will be left in a frightful vantage point.

Rachfaimid ar mire de bharr an nochta a thugtar dúinn.

We will either go mad from the revelation we are given.

Nó teithfimid ón solas marfach a fheicfimid.

Or we will flee from the deadly light that we will see.

Teithfimid ón eolas a bhí á lorg againn i gcónaí.

We will run from the knowledge we had always pursued.

Agus lorgóimid síocháin agus sábháilteacht ré nua dorcha.

And we will seek the peace and safety of a new dark age.

Tá buille faoi thuairim tugtha ag teosafaithe faoi scála an chosmas.

Theosophists have guessed at the scale of the cosmos.

Níl inár ndomhan ach eachtra shealadach sa timthriall seo.

Our world is but a transient incident in this cycle.

Níl ach ról beag ag an gcine daonna sa chruinne.

The human race plays but a little role in the universe.

Tá leideanna tugtha ag na teosafaigh faoi mhodhanna aisteacha marthanais.

The theosophists have hinted at strange methods of survival.

Ach reofeadh a gcuid moltaí fuil duine réasúnta.

But their suggestions would freeze a rational man's blood.

Ní cheiltíonn an t-uafás ach an dóchas atá ina gcuid smaointe.

Only the optimism of their ideas hides the horror.

Ach ní hé a gcuid smaointe is mó a chuireann scanradh orm.

But it is not their ideas that chill me the most.

Is rud eile é a líonann mé le huafás.

It is something else that fills me with terror.

An t-aon spléachadh amháin ar eaonna toirmiscthe a chonaic mé.

The single glimpse of forbidden eons I have seen.

Nuair a smaoiním ar a chonaic mé, seasann mo chuid fola go socair.

When I think of what I saw my blood stands still.

Tá míshuaimhneas ag cur as do mo bhrionglóidí ó shin i leith.

Restlessness plagues my dreams since that glimpse.

Tháinig sé chugam cosúil le léargas scanrúil ar an bhfírinne.

It came to me like all dreaded glimpses of truth.

Cur le chéile de thaisme rudaí scartha.

An accidental piecing together of separated things.

Seanphíosa nuachtáin agus nótaí ó ollamh mhairbh.

An old newspaper item and the notes of a dead professor.

I splanc na súl bhí gach rud curtha le chéile os mo chomhair.

In a flash everything was pieced together before me.

Tá súil agam nach mbainfidh aon duine eile an léargas uafásach seo amach.

I hope no one else will accomplish this terrible insight.

Cinnte, má bheinn beo, ní chabhróidh mé le duine ar bith é a fhios a bheith agam.

Certainly, if I live, I shall never help anyone to know it.

Ní chuirfidh mé nasc ar fáil d'aon ghnó i slabhra chomh gránna sin.

I shall never knowingly supply a link in so hideous a chain.

Sílim gur cheap an tOllamh freisin fanacht ina thost.

I think that the professor, too, intended to keep silent.

Ní raibh sé i gceist aige na rúin a bhí ar eolas aige a roinnt.

He didn't mean to share the secrets that he knew.

Agus táim cinnte go mbeadh a nótaí scriosta aige.

And I'm sure he would have destroyed his notes.

Mura mbeadh sé gafa le bás tobann agus amhrasach.

If he had not been seized by sudden and suspicious death.

***

Thosaigh mo eolas ar an rud i ngeimhreadh 1926-27.

My knowledge of the thing began in the winter of 1926-27.

Ba é mo shean-uncail an tOllamh George Gammell Angell.

My great-uncle was the professor George Gammell Angell.

Ba é an tOllamh Emeritus le teangacha Seimíteacha é.

He was the Professor Emeritus of Semitic languages.

Bhí sé ina léachtóir in Ollscoil Brown, Providence, Rhode Island.

He lectured in Brown University, Providence, Rhode Island.

A bhás, ag aois a dó is nócha, a spreag an eachtra.

His death, at the age of ninety-two, triggered the event.

Bhí cáil mhór air mar údarás ar inscríbhinní ársa.

He was widely known as an authority on ancient inscriptions.

Thagadh ceannairí músaem mór le rá chuige as a shaineolas.

Heads of prominent museums came to him for his expertise.

Mar sin thug go leor i measc na gciorcal acadúil faoi deara a bhás.

So his death was noticed by many within academic circles.

Mhéadaigh doiléire a bháis an spéis ann.

Interest was intensified by the obscurity of his death.

Tharla sé agus é ag teacht i dtír ón mbád Newport.

It occurred as he was disembarking from the Newport boat.

Deir finnéithe gur bhrúigh fear dorcha le cuma mhuirí é.

Witnesses say a dark nautical-looking fellow had jostled him.

Tar éis dó a bheith buailte, thit sé go tobann, a deir finnéithe.

After being stricken, he fell suddenly, witnesses say.

Ní raibh na lianna in ann aon neamhord infheicthe a aimsiú.

Physicians were unable to find any visible disorder.

Tar éis roinnt díospóireachta casta, shroich siad a gconclúid.

After some perplexed debate they reached their conclusion.

"Is cinnte gur gortú croí a bhí ann," a d'aontaigh siad.

"It must have been a lesion of the heart," they agreed.

"Tar éis an tsaoil, fear sách sean a bhí ann," a dúirt siad.

"After all, he was rather an elderly man," they added.

"Ba é an dreapadh bríomhar an chnoic ghéar ba chúis lena dheireadh."

"the brisk ascent of the steep hill caused his end."

Ag an am ní fhaca mé aon chúis le easaontú leis an ráiteas seo.

At the time I saw no reason to dissent from this dictum.

Ach le déanaí táim claonta chun smaoineamh ar a gconclúid.

But latterly I am inclined to wonder about their conclusion.

Agus ní dhéanaim ach smaoineamh an raibh siad ceart.

And I do more than just wonder if they were right.

***

Fuair mo sheanuncail bás ina aonar mar bhaintreach fir gan chlann.

My grand-uncle died alone as a childless widower.

Agus mar sin rinneadh oidhre agus seiceadóir de ar a mhaoin.

And so I became heir and executor to his possessions.

Mar sin bhíothas ag súil go ndéanfainn athbhreithniú ar a pháipéir agus a scríbhinní.

So I was expected to go over his papers and writings.

Bhog mé a shraith comhad agus boscaí ar fad go dtí mo theach i mBostún.

I moved his entire set of files and boxes to my Boston home.

Foilseofar cuid mhór den ábhar a bhailigh mé níos déanaí.

Much of the materials I collected will later be published.

Chuir go leor acadóirí ina réimse suim mhór ina chuid oibre.

Many academics in his field took great interest in his work.

Bhí an cumann seandálaíochta Meiriceánach ag brath go mór air.

The American archeological society relied on him greatly.

Ach bhí bosca amháin ann a cheap mé go raibh sé thar a bheith mearbhallúil.

But there was one box which I found exceedingly puzzling.

Bhraith mé i bhfad drogallach na comhaid seo a thaispeáint do shúile eile.

I felt much averse from showing these files to other eyes.

Bhí an bosca faoi ghlas, murab ionann agus na boscaí eile.

The box had been locked, unlike the other boxes.

Agus ar dtús ní bhfuair mé aon eochair a d'osclódh an bosca seo.

And initially I found no key that would open this box.

Ach ansin tháinig suíomh na heochrach i mo chuimhne.

But then the location of the key occurred to me.

Bhíodh eochairfháinne ina phóca ag an ollamh i gcónaí.

The professor always carried a keyring in his pocket.

Ba é ceann de na heochracha seo a d'oscail an bosca go deimhin.

It was indeed one of these keys that opened the box.

Ach sa bhosca bhí bacainn níos dlúithe fós.

But in the box was a still more closely locked barrier.

Cad a d'fhéadfadh a bheith i gceist leis an bhfaoiseamh corr?

What could be the meaning of the queer bas-relief?

Bhí gearrthóga páipéir éagsúla ag gabháil leis an mbas-faoiseamh.

Various paper cuttings accompanied the bas-relief.
Cad a bhí i gceist leis na nótaí agus na ráflaí easaontacha?
What did the disjointed jottings and ramblings allude to?
An raibh m'uncail tar éis éirí creidiúnach i leith meabhlaireachta dromchlacha?
Had my uncle become credulous to superficial impostures?
B'fhéidir gur tháinig moill ar a smaointeoireacht chriticiúil ina bhlianta ina dhiaidh sin.
Perhaps in his later years his criticalness thought slowed.
Bhí duine éigin tar éis suaimhneas intinne an tseanfhir seo a chur trína chéile.
Someone had disturbed this old man's peace of mind.
Agus mar sin shocraigh mé an dealbhóir aisteach a aimsiú.
And so I resolved to locate the eccentric sculptor.
An fear a chuir tús le dúil aisteach m'uncail.
The man who set in motion my uncle's strange obsession.

***

Bhí cruth dronuilleogach garbh ar an mbas-faoiseamh.
The bas-relief was roughly shaped like a rectangle.
Bhí an cruth dronuilleogach níos lú ná orlach ar tiús.
The rectangular shape was less than an inch thick.
Agus bhí an bas-faoiseamh thart ar chúig faoi shé orlach ar achar.
And the bas-relief was about five by six inches in area.
Bhí sé soiléir gur de bhunús nua-aimseartha an bas-faoiseamh.
It was obvious that the bas-relief was of modern origin.
Bhí na dearaí i bhfad ó bheith nua-aimseartha ó thaobh atmaisféir de, áfach.
The designs, however, were far from modern in atmosphere.
Thug na inscríbhinní le fios go raibh sibhialtacht i bhfad níos sine ann.
The inscriptions suggested a far older civilization.
Bhí go leor luaineachtaí an chiúbachais agus an todhchaíochais fiáin.

The vagaries of cubism and futurism were many and wild.

Ach de ghnáth ní éiríonn le patrúin den sórt sin rialtacht a tháirgeadh.

But normally such patterns fail to produce regularity.

An rialtacht chripteach atá i bhfolach sa scríbhneoireacht réamhstairiúil.

The cryptic regularity which lurks in prehistoric writing.

Bhí an rialtacht seo i láthair sa bhunfaoiseamh cinnte.

This regularity was certainly present in the bas-relief.

Bhí mé cinnte gur ionann na inscríbhinní agus córas scríbhneoireachta.

I was certain the inscriptions represented a writing system.

Bhí eolas éigin agam ar pháipéir m'uncail.

I had some familiarity with the papers of my uncle.

Agus bhí mé tar éis breathnú trína bhailiúcháin agus a shaothair go léir.

And I had looked through all of his collections and works.

Ach níor éirigh liom aon scríbhneoireacht a aimsiú a bhí cosúil leis.

But I failed to find any writing that was similar.

Ní raibh mé in ann an aibítir seo a shuíomh go geografach ar aon bhealach.

I could not geographically place this alphabet in any way.

Agus ní fhéadfainn buille faoi thuairim a thabhairt cén t-am as a tháinig an scríbhinn seo.

Nor could I guess from what time this writing came from.

Os cionn na hieraglifí dealraitheach seo bhí figiúr.

Above these apparent hieroglyphics there was a figure.

Is léir nach raibh leis an bhfigiúr ach pictiúrtha.

The figure was evidently only of pictorial intent.

Chuir impriseanachas an phictiúir leis an rúndiamhair.

The impressionism of the picture added to the mystery.

Ní fhéadfaí aon smaoineamh soiléir a fháil ar nádúr an chréatúir.

No clear idea of the creature's nature could be discerned.

Dhealraigh sé gur ollphéist de shaghas éigin a bhí sa chréatúr.

The creature seemed to be a monster, of some sort.
Nó léirigh an tsiombail ollphéist, de shaghas éigin.
Or the symbol represented a monster, of some sort.
Ní fhéadfadh ach intinn bhreoite foirm den sórt sin a shamhlú.
Only a diseased mind could conceive of such a form.
Thug mo shamhlaíocht pictiúir éagsúla ag an am céanna.
My imagination yielded different pictures simultaneously.
Ach b'fhéidir go bhfuil mo shamhlaíocht beagáinín iomarcach freisin.
But my imagination may also be somewhat extravagant.
Ochtapas, dragan, agus caricatúr daonna freisin.
An octopus, a dragon, and also a human caricature.
Déanfaidh mé iarracht gan a bheith mídhílis do spiorad an ruda.
I shall try not be unfaithful to the spirit of the thing.
Ceann laíonach, teanntánach, ar bharr coirp scálaí.
A pulpy, tentacled head surmounted a scaly body.
Bhí sciatháin bhunúsacha ag gobadh amach as an gcruth gránna.
Rudimentary wings protruded from the grotesque shape.
Ach ní raibh cruth an ollphéist ar an gcuid is measa fiú.
But the shape of the monster wasn't even the worst part.
Bhí cúlra na pictiúr níos scanrúla fós.
The background of the picture was even more frightening.
Bhí leid doiléir ón radharcra go raibh sibhialtacht eile ann.
The scenery had a vague suggestion of another civilization.
Ailtireacht Chioclópach ó chuid den domhan atá dearmadta.
Cyclopean architecture from a forgotten part of the world.

***

Ní raibh ach roinnt nótaí agus gearrthóga nuachtáin ag gabháil leis an aisteachas.
Only some notes and press cuttings accompanied the oddity.
Ní raibh baint ach go doiléir ag na gearrthóga preasa.
The press cuttings seemed to be only vaguely related.

Ba ó m'uncail na nótaí lámhscríofa go léir.

The hand written notes were all from my uncle.

Ach ní raibh aon leithscéal as aon stíl liteartha ina nótaí.

But his notes made no pretense to any literary style.

Ní raibh aon mheicníocht ordaithe ann maidir le haon cheann de na páipéir.

There was no ordering mechanism to any of the papers.

Cé gur cosúil go raibh máistirdhoiciméad leis na nótaí.

Although there seemed to be a master document to the notes.

Cuireadh an doiciméad seo i leith chult Cthulhu

This document was ascribed to the cult of Cthulhu

Bhí litreacha an fhocail scríofa amach go cúramach.

The word's letters had been painstakingly written out.

Níor cheart aon léamh earráideach a dhéanamh ar an bhfocal nach gcloistear.

There should be no erroneous reading of the unheard of word.

Bhí an lámhscríbhinn Cthulhu seo roinnte ina dhá chuid;

This Cthulhu manuscript was divided into two sections;

Seo a leanas teideal an chéad lámhscríbhinn:

The first manuscript was titled the following:

"1925 - Brionglóid agus Obair Bhrionglóideach HA Wilcox"

"1925 - Dream and Dream Work of H. A. Wilcox"

"7 Sráid Thomas, Providence, Oileán Road"

"7 Thomas St., Providence, Road Island"

Agus seo a leanas an teideal a bhí ar an dara lámhscríbhinn:

And the second manuscript was titled the following:

"Insint an Chigire John R. Legrasse"

"Narrative of Inspector John R. Legrasse"

"121 Sráid Bienville, New Orleans, Cruinnithe 1908."

"121 Bienville St., New Orleans, 1908 Meetings."

"Nótaí ar an rud céanna, & cuntas an Ollaimh Webb ar imeachtaí"

"Notes on Same, & Prof. Webb's account of events"

Nótaí gearra a bhí sna páipéir lámhscríbhinne eile go léir.

The other manuscript papers were all brief notes.

Rinne roinnt lámhscríbhinní cur síos ar bhrionglóidí aisteacha daoine éagsúla.

Some manuscripts described the queer dreams of different persons.

Luaitear roinnt lámhscríbhinní ó leabhair agus irisí teosófacha.

Some manuscripts cited from theosophical books and magazines.

Is suntasach gur ó W. Scott-Eliott a tháinig formhór na luanna seo.

Notably, most of these citations were from W. Scott-Eliott.

Thagair na nótaí den chuid is mó d'Atlantis agus don Lemuria Caillte.

Mainly the notes referenced Atlantis and the Lost Lemuria.

Rinne na nótaí eile trácht ar chumainn rúnda a mhair le fada.

The other notes commented on long-surviving secret societies.

Cultacha ceilte a d'fhéadfadh a bheith ann nó nach mbeadh fós ann áit éigin.

Hidden cults that may or may not still exist somewhere.

Is cosúil gur dhá leabhar a chuir an chuid is mó den fhaisnéis ar fáil;

Two books seemed to provide most of the information;

Cult Cailleach Miss Murray in Iarthar na hEorpa.

Miss Murray's Witch-Cult in Western Europe.

Tá foinsí miotaseolaíochta mionsonraithe sa leabhar seo.

This book thoroughly detailed Mythological sources.

Agus chuir Golden Bough le Frazer foinsí antraipeolaíochta ar fáil.

And Frazer's Golden Bough provided anthropological sources.

***

Bhí na gearrthóga ag tagairt den chuid is mó do thinneas meabhrach.

The cuttings largely alluded to outré mental illnesses.

Ráigeanna den amadán agus den mhania grúpa in earrach na bliana 1925.

Outbreaks of group folly and mania in the spring of 1925.

D'inis an chéad leath den lámhscríbhinn scéal an-aisteach.

The first half of the manuscript told a very peculiar tale.

1925, an chéad lá de Mhárta, tháinig fear óg caol dorcha chuig m'uncail.

1925, the 1st of March, a thin dark young man came to my uncle.

Déanann an lámhscríbhinn cur síos ar a ghné néarógach agus corraithe.

The manuscript describes his neurotic and excited aspect.

Agus thug sé leis an bas-faoiseamh aisteach.

And he bore with him the strange bas-relief.

Ag an am sin bhí an bas-faoiseamh thar a bheith tais agus úr.

At that time the bas-relief was exceedingly damp and fresh.

Bhí Henry Anthony Wilcox ainm ar a chárta.

His card bore the name of Henry Anthony Wilcox.

Agus bhí aitheantas beagáinín tugtha ag m'uncail do cé a bhí ann.

And my uncle had slightly recognized who he was.

Ba é an mac ab óige de theaghlach den scoth é.

He was the youngest son of an excellent family.

Le déanaí bhí sé ag déanamh staidéir ar dhealbhóireacht in Rhode Island.

Latterly he had been studying sculpture at Rhode Island.

Bhí cónaí air ina aonar i bhFoirgneamh Fleur-de-Lys.

He lived alone at the Fleur-de-Lys Building.

Bhí a áit chónaithe gar don ollscoil.

His residences were near the university.

Ba ógánach luathchúiseach a raibh cáil air as a bheith ina fhear céile é Wilcox.

Wilcox was a precocious youth of known genius.

Ach bhí cáil air freisin as a mhíshuaimhneas mór.

But he was also known for his great eccentricity.

Ó bhí sé ina pháiste bhí sé ag mealladh aird daoine eile.

From childhood he had excited the attention of others.

D'inis sé scéalta aisteacha nár inis aon duine dó fúthu.

He told of strange stories no one had told him about.

Agus bhíodh sé de nós aige brionglóidí aisteacha a insint.

And he was in the habit of relating strange dreams.

Chuir sé síos air féin mar dhuine "hipiríogaireach go síceach".

He described himself as "psychically hypersensitive".

Ach bhí cur síos eile ag na daoine timpeall air air.

But those around him had other descriptions for him.

Ba mhuintir shuaimhneach iad de chuid na seanchathrach tráchtála.

They were staid folk of the ancient commercial city.

Agus níor thug siad faoi deara ach rud aisteach agus "aistreach".

And they dismissed him as merely strange and "queer".

Agus mar sin níor mheasc sé mórán lena chineál riamh.

And so he never mingled much with his kind.

Agus bhí sé imithe de réir a chéile óna infheictheacht shóisialta.

And he had dropped gradually from social visibility.

Anois níl aithne air ach ag grúpa beag aeistéiticeoirí.

Now he is known only to a small group of esthetes.

Agus ba as bailte eile den chuid is mó a tháinig siad siúd a raibh aithne acu air.

And those who knew him came mostly from other towns.

Bhí cuma an-éadóchasach air fiú i gclub ealaíne Providence.

Even the Providence art club had found him quite hopeless.

Ar ndóigh, bhí siad fonnmhar a gcoimeádachas a chaomhnú.

Of course they were anxious to preserve their conservatism.

***

Lean lámhscríbhinn an ollaimh ag cur síos ar an gcuairt.

The professor's manuscript continued to describe the visit.

D'fhiafraigh an dealbhóir go tobann de cad a bhí ar eolas ag a óstach ar sheandálaíocht.

The sculptor abruptly asked for his host's archeological knowledge.

Bhí sé ag iarraidh air na hieraglifí ar an mbas-faoiseamh a aithint.

He wanted him to identify the hieroglyphics on the bas-relief.
Labhair sé ar bhealach aislingeach agus sách mallaithe.
He spoke in a dreamy and rather stilted manner.
Mhol a óráid staidiúir agus chuir sí comhbhrón as a riocht.
His speech suggested pose and alienated sympathy.
Agus léirigh m'uncail géire éigin ina fhreagra.
And my uncle showed some sharpness in his reply.
Mar gheall go raibh úire shoiléir fós ar an bhfaoiseamh bas.
Because the bas-relief was still conspicuously freshness.
Mar sin ní raibh aon ghá le haon ghaol leis an tseandálaíocht.
So there was no need for any kinship with archeology.
Bhí freagra an Óig Wilcox thar a bheith fileata.
Young Wilcox's rejoinder was of a fantastically poetic cast.
Is cinnte gur bhain an freagra an-taitneamh as m'uncail.
My uncle must have been impressed with the reply.
Agus thaifead sé freagra Wilcox focal ar fhocal.
And he recorded the reply of Wilcox verbatim.
"Tá an faoiseamh bunúsach fós úr go soiléir."
"The bas-relief is indeed still conspicuously fresh."
"Mar rinne mé an faoiseamh seo aréir, i ndiaidh aisling."
"Because I made this bas-relief last night, after a dream."
"Brionglóid faoi chathracha aisteacha agus daoine aithrí."
"A dream of strange cities and stranger people."
"Agus is sine brionglóidí ná Tyros atá ag gruaim."
"And dreams are older than brooding Tyros."
"Tá aislingí níos sine ná an Sfincs machnamhach."
"Dreams are older than the contemplative Sphinx."
"Agus is sine brionglóidí ná an Bhabilóin atá crioslaithe sa ghairdín."
"And dreams are older than the garden-girdled Babylon."
Bhí an cineál seo cainte tréith dó.
This type of speech turned out to be characteristic of him.
Ba ansin a thosaigh sé an scéal corraitheach sin.
It was then that he began that rambling tale.
An scéal a d'imir go tobann ar chuimhne codlata.
The tale which suddenly played upon a sleeping memory.

An scéal a mheall spéis mhór m'uncail.
The tale that won the fevered interest of my uncle.

***

Bhí crith talún beag ann an oíche roimhe sin.
There had been a slight earthquake tremor the night before.
An crith talún is mó a mhothaigh Sasana Nua le roinnt blianta.
The most considerable tremor New England had felt for some years.
Bhí tionchar mór ag an crith talún ar shamhlaíocht Wilcox.
Wilcox's imagination had been keenly affected by the earthquake.
Bhí brionglóid gan fasach aige faoi chathracha móra Ciclipeacha.
He had had an unprecedented dream of great Cyclopean cities.
Bhí sé ag brionglóid faoi bhloic Tíotán agus monailití a scaiptear ón spéir.
He dreamed of Titan blocks and sky-flung monoliths.
Bhí an ailtireacht ar fad ag sileadh le sreabhán glas.
All the architecture was dripping with green ooze.
Agus bhí a bhrionglóidí mailíseach le huafás ceilte.
And his dreams were sinister with latent horror.
Bhí hieraglifící ag clúdach na mballaí agus na gcolún.
Hieroglyphics had covered the walls and pillars.
Tháinig fuaim ó áit éigin thíos.
From somewhere underneath there came a sound.
Ba fhuaim gutha a bhí ann, ach ní guth a bhí ann.
The sound was of a voice, but it was not a voice.
Braistint chaotic nach bhféadfadh ach an samhlaíocht a chlaochlú ina fuaim.
A chaotic sensation which only fancy could transmute into sound.
Rinne sé iarracht an focal beagnach dothuigthe a rá.
He attempted to say the almost unpronounceable word.

Meascán litreacha neamhghnácha; "Cthulhu fhtagn".

A jumble of unlikely letters; "Cthulhu fhtagn".

Ba é an mearbhall briathartha seo eochair chuimhní m'uncail.

This verbal jumble was the key to my uncle's recollection.

Chuir an fhuaim aisteach seo sceitimíní agus buairt ar an Ollamh Angell.

This strange sound excited and disturbed Professor Angell.

Chuir sé ceist ar an dealbhóir le mionchúis eolaíoch.

He questioned the sculptor with scientific minuteness.

Rinne sé staidéar ar an bhfoilseachán beagnach le déine fhiáin.

He studied the bas-relief with almost frantic intensity.

Chuir m'uncail an milleán ar a sheanaois, a dúirt Wilcox ina dhiaidh sin.

My uncle blamed his old age, Wilcox afterward said.

Ina laethanta óige, bheadh sé tar éis na hieraglifí a aithniú.

In his younger days he would have recognized the hieroglyphics.

Ní chuirfeadh an dearadh pictiúrtha mearbhall ar a intinn ghéire.

The pictorial design wouldn't have puzzled his sharper mind.

Bhí go leor dá cheisteanna an-mhí-oiriúnach dá chuairteoir.

Many of his questions seemed highly out of place to his visitor.

Rinne sé iarracht é a cheangal le cultacha miotaseolaíochta aisteacha.

He tried to connect him to strange mythological cults.

Rinne sé iarracht é a chur ina luí air go raibh sé páirteach i gcumainn rúnda.

He tried to get him to admit affiliation to secret societies.

Gheall m'uncail fiú go gcoimeádfadh sé rún a chuairteora.

My uncle even promised to keep his visitor's secret.

"Nach bhfuil tú mar chuid de ghrúpa mistéireach forleathan?"

"Are you not part of a widespread mystical group?"

"Nach ball de chomhlacht págánach reiligiúnach thú?"

"Are you not a member of a paganly religious body?"
**Sa deireadh thiar thall, bhí sé cinnte nach raibh an dealbhóir
ina bhall.**
Eventually he became convinced the sculptor wasn't a
member.
**Bhí aineolach aige i ndáiríre faoi aon chult nó córas
seanchais cripteach.**
He was indeed ignorant of any cult or system of cryptic lore.
**Chuir sé léigear ar a chuairteoir le héilimh go ndéanfaí
tuairiscí ar bhrionglóidí amach anseo.**
He besieged his visitor with demands for future reports of
dreams.
Bhí toradh rialta agus suimiúil ar an iarratas aisteach seo.
This strange request bore regular and interesting fruit.

***

**Tar éis an chéad agallaimh, taifeadann an lámhscríbhinn
glaonna laethúla.**
After the first interview the manuscript records daily calls.
D'inis sé blúirí iontacha d'íomhánna oíche.
He related startling fragments of nocturnal imagery.
Bhí na téamaí céanna ina bhrionglóidí i gcónaí.
There were always the same themes in his dreams.
**Radharc uafásach Cioclópach de chloch dhorcha agus
sileadh.**
A terrible Cyclopean vista of dark and dripping stone.
Guth nó faisnéis faoi thalamh ag béicíl go haonfhoirmeach.
A subterranean voice or intelligence shouting monotonously.
**Dhealraigh sé go raibh dhá fhuaim ag athrá iad féin ina
bhrionglóidí.**
Two sounds seemed to repeat themselves in his dreams.
**Ach bhí na fuaimeanna seo chomh rúndiamhair leis na
fuaimeanna eile.**
But these sounds were as enigmatic as the other sounds.
**Ní féidir na fuaimeanna a léiriú ach leis na litreacha
"Cthulhu" agus "R'lyeh".**

The sounds can only be rendered by the letters "Cthulhu" and "R'lyeh".

Ar an 23 Márta, lean an lámhscríbhinn ar aghaidh, theip ar Wilcox teacht.

On March 23rd, the manuscript continued, Wilcox failed to come.

Rinne m'uncail fiosrúcháin ag na ceathrúna cá raibh sé.

My uncle made inquiries at the quarters of his whereabouts.

An oíche sin bhuail fiabhras de shaghas éigin é.

That night he had been stricken with an obscure sort of fever.

Agus tugadh go dtí teach a theaghlaigh i Sráid Waterman é.

And he was taken to the home of his family in Waterman Street.

An oíche sin bhí sé tar éis scread a dhéanamh amach i gceann dá bhrionglóidí.

That night he had cried out in one of his dreams.

Chuir a chuid caoineadh sceitimíní ar roinnt ealaíontóirí eile san fhoirgneamh.

His cries aroused several other artists in the building.

Agus bhí sé idir malartuithe neamhfhiosachta agus delirium.

And he was between alternations of unconsciousness and delirium.

Chuir m'uncail glaoch ar theaghlach Wilcox láithreach.

My uncle at once telephoned the family of Wilcox.

Agus ó sin ar aghaidh choinnigh sé súil ghéar ar an gcás.

And from that time forward he kept close watch of the case.

Thagadh sé go minic chuig oifig an Dr. Tobey ar Shráid Thayer.

He called often at the Thayer Street office of Dr. Tobey.

Bhí an Dr. Tobey i gceannas ar riocht an othair.

Dr. Tobey was in charge of the patient's condition.

Bhí intinn fhiabhrasach an óig ag machnamh ar rudaí aisteacha.

The youth's febrile mind was dwelling on strange things.

Chrith an dochtúir anois is arís agus é ag caint faoi na brionglóidí.

The doctor shuddered now and then as he spoke of the dreams.

Rinne na brionglóidí athrá ar go leor de na téamaí níos luaithe.

The dreams repeated a lot of the earlier themes.

Ach anois luaigh a bhrionglóidí rud éigin nua.

But now his dreams made mention of something new.

Rud ollmhór "míle ar airde" a shiúlfadh, nó a bhí ag bogadh thart.

A gigantic thing "a miles high" which walked, or lumbered about.

Níor chuir sé síos iomlán mionsonraithe ar an réad seo ag am ar bith.

He at no time fully described this object in any detail.

Ach d'inis an Dr. Tobey focail fhiáine a othair dó.

But Dr. Tobey relayed the frantic words of his patient.

Agus bhí an t-ollamh ag éirí níos cinnte faoi cad a bhí ann.

And the professor became increasingly certain of what it was.

An ollphéist gan ainm a bhí sé ag iarraidh a léiriú ina dhealbh.

The nameless monstrosity he had sought to depict in his sculpture.

Bhí an dochtúir tar éis trácht a dhéanamh ar an bhfaoiseamh bas a rinne sé.

The doctor had mentioned the bas-relief he had made.

Réamhráitear leis an trácht seo go dtitfidh an fear óg i leadrán.

This mention preludes the young man's subsidence into lethargy.

Ní raibh a theocht, go aisteach go leor, i bhfad os cionn an ghnáth.

His temperature, oddly enough, was not greatly above normal.

Ach thug a riocht ginearálta le fios go raibh fiabhras air.

But his general condition suggested he was in a fever.

Fiabhras, seachas a bheith i ngreim neamhord meabhrach.

A fever, as opposed to being in the grasp of a mental disorder.

***

Ar an 2 Aibreán ag thart ar 3 i.n. tháinig deireadh leis an bhfiabhras.

On April 2nd at about 3 p.m. the fever came to an end.

Stop gach rian de ghalar Wilcox go tobann.

Every trace of Wilcox's malady suddenly ceased.

Shuigh sé ina sheasamh sa leaba amhail is dá mba rud é go raibh sé ag dúiseacht ó chodladh rialta.

He sat upright in bed as if waking up from regular sleep.

Bhí ionadh air é féin a fháil i dteach a thuismitheoirí.

He was astonished to find himself at his parents' home.

Agus bhí sé go hiomlán neamheolach ar a raibh tarlaithe.

And he was completely ignorant of what had happened.

Ní raibh brionglóid ná réaltacht tar éis tionchar a imirt ar a intinn.

Neither dream nor reality had made an impression on his mind.

D'fhógair an Dr. Tobey go raibh sé oiriúnach le cur as a chúram.

Dr. Tobey pronounced him fit to be dismissed from his care.

Agus d'fhill sé ar a cheathrúna trí lá ina dhiaidh sin.

And he returned to his quarters three days later.

Ach ní raibh sé ina chabhair bhreise don Ollamh Angell.

But to Professor Angell he was of no further assistance.

Bhí gach rian de bhrionglóid aisteach imithe le a théarnamh.

All traces of strange dreaming had vanished with his recovery.

Ar feadh seachtaine d'inis sé físí neamhbhainteacha agus gnáth go hiomlán.

For a week he recounted irrelevant and thoroughly usual visions.

Agus níor choinnigh m'uncail aon taifead eile ar a smaointe oíche.

And my uncle kept no further record of his night-thoughts.

Ag an bpointe seo chríochnaigh an chéad chuid den lámhscríbhinn.

At this point the first part of the manuscript ended.

Ach bhí mo thaighde fós ar chor ar bith críochnaithe.

But my research was still anything but concluded.

Chabhraigh tagairtí do nótaí scaipthe le rudaí a chur le chéile.

References to scattered notes helped piece things together.

Agus bhí níos mó ná go leor ábhair ann le haghaidh machnaimh.

And there was more than enough material for thought.

Ní raibh mo mhíshuaimhneas san ealaíontóir imithe i léig fós.

My distrust of the artist had still not subsided.

Ach ba thoradh den chuid is mó ar mo amhras fréamhaithe.

But this was largely a result of my ingrained skepticism.

Rinne na nótaí cur síos ar bhrionglóidí daoine éagsúla.

The notes described the dreams of various persons.

Tharla na brionglóidí seo go léir agus fiabhras ar an ógánach Wilcox.

These dreams all occurred while young Wilcox was in his fever.

Is cosúil nár chuir m'uncail am amú ag bailiú na sonraí.

My uncle, it seems, wasted no time in collecting the data.

Bhí sé tar éis sraith fiosrúchán thar a bheith fairsing a thionscain go gasta.

He had quickly instituted a prodigiously far-flung body of inquiries.

Aon chara nár léirigh mímhacántacht chuir sé ceist air.

Any friend that didn't show impertinence he questioned.

D'iarr sé orthu tuairiscí oícheanta ar a gcuid aislingí.

He requested from them nightly reports of their dreams.

Agus d'fhiafraigh sé díobh an raibh aon fhíseanna suntasacha acu le déanaí.

And he asked if they had had any notable visions of late.

Is cosúil gur glacadh go héagsúil lena iarratas.

The reception of his request seems to have been varied.

Ach ní raibh aon ghanntanas freagraí ann cinnte.

But there was certainly no shortage in replies.

Ní fhéadfadh aon ghnáthdhuine na freagraí a láimhseáil ina aonar.

No ordinary man could have handled the replies alone.

Níor caomhnaíodh na comhfhreagrais bhunaidh.

The original correspondences were not preserved.

Ach chruthaigh a nótaí achoimre chuimsitheach agus shuntasach.

But his notes formed a thorough and significant digest.

***

Ar dtús bhí sé ag caint le gnáthdhaoine sa tsochaí.

Initially he had approached average people in society.

"Salann na talún" traidisiúnta Shasana Nua.

New England's traditional "salt of the earth".

Ach thug an grúpa seo toradh beagnach go hiomlán diúltach.

But this group gave an almost completely negative result.

Cé go raibh roinnt eisceachtaí ann don ghrúpa seo freisin.

Though there were some exceptions to this group too.

Cásanna scaipthe d'imprisean oíche míshuaimhneach ach gan chruth.

Scattered cases of uneasy but formless nocturnal impressions.

Bhí a gcuid tuarascálacha i gcónaí idir an 23 Márta agus an 2 Aibreán.

Their reports were always between March 23rd and April 2nd.

Bhí sé seo ailínithe leis an tréimhse chéanna de mhí-ráiteas Wilcox óig.

This aligned with the same period of young Wilcox's delirium.

Ní raibh ach beagán níos mó tionchair ar fhir eolaíochta.

Men of science had been only a little more affected.

Cé gur spéisiúil ceithre chás a raibh cur síos doiléir orthu.

Though four cases of vague description were of interest.

Bhí léargas teifeach faighte acu ar thírdhreacha aisteacha.

They had had fugitive glimpses of strange landscapes.

Agus i gcás amháin luadh eagla roimh rud éigin neamhghnách.

And in one case a dread of something abnormal was mentioned.

Ó na healaíontóirí agus na filí a tháinig na freagraí ábhartha.

It was from the artists and poets that the pertinent answers came.

Is beannacht é nárbh fhéidir le haon duine nótaí a chur i gcomparáid.

It is a blessing no one had been able to compare notes.

Bheadh scaoll ann dá mbeadh a bhfís roinnte acu.

Panic would have broken loose had they shared their visions.

Níor chuir sé seo deireadh le mo amhras fréamhaithe, áfach.

This, however, did not dispel my ingrained skepticism.

B'fhéidir gur tháinig daoine eile ar chonclúidí miotaseolaíocha i bhfad níos tapúla.

Others might have come to mythical conclusions much quicker.

Ach bhí na litreacha bunaidh in easnamh sna nótaí.

But the original letters were lacking from the notes.

Bhí amhras orm go raibh an tiomsaitheoir tar éis ceisteanna treorach a chur.

I half suspected the compiler of having asked leading questions.

Nó b'fhéidir nach raibh na comhfhreagrais go hiomlán bunaidh.

Or perhaps the correspondences weren't entirely original.

B'fhéidir gur shocraigh m'uncail brionglóidí Wilcox a dheimhniú.

Perhaps my uncle had resolved to confirm Wilcox's dreams.

Sin é an fáth a lean mé ag mothú amhrasach faoin dealbhóir.

That is why I continued to feel suspicious of the sculptor.

B'fhéidir go raibh sé fós ar an eolas faoi shean-shonraí m'uncail.

Perhaps he was still cognizant of my uncle's old data.

B'fhéidir go raibh sé ag cur isteach ar an eolaí sinsearach.

Perhaps he had been imposing on the veteran scientist.

Mar sin féin, b'éigean na sonraí comhthacacha a imscrúdú.

Nonetheless, the corroborating data had to be investigated.

D'inis na freagraí ó na daoine aeistéitiúla scéal suaiteach.

The responses from the esthetes told a disturbing tale.

Ón 28 Feabhra go dtí an 2 Aibreán, tháinig a gcuid aislingí le chéile.

From February 28th to April 2nd their dreams aligned.

Agus bhí cuid mhór acu tar éis rudaí an-aisteach a shamhlú.

And a large proportion of them had dreamed very bizarre things.

Bhí spéis freisin in am déine a gcuid aislingí.

The timing of the intensity of their dreams was also of interest.

Ba bhuaicphointe é tréimhse delirium an dealbhóra.

The period of the sculptor's delirium marked a highpoint.

Bhí déine a gcuid aislingí i bhfad níos láidre.

The intensity of their dreams were immeasurably the stronger.

Thuairiscigh breis agus ceathrú díobh fuaimeanna nach raibh siad coitianta agus nach bhféadfaí a fhuaimniú.

Over a quarter reported unfamiliar and unpronounceable sounds.

Torainn nach raibh ró-dhifriúil leis an méid a ndearna Wilcox cur síos air freisin.

Noises not dissimilar to what Wilcox had also described.

Rinne cuid acu cur síos ar ailtireacht an-chasta agus dodhéanta.

Some described highly elaborate and impossible architecture.

Agus d'admhaigh cuid de na brionglóidí go raibh eagla ghéar orthu.

And some of the dreamers confessed to an acute fear.

Cosúil le Wilcox, chonaic siad rud ollmhór gan ainm.

Like Wilcox, they had seen some gigantic nameless thing.

Bhí cás amháin, a bhfuil cur síos air go béimneach sa nóta, an-bhrónach.

One case, which the note describes with emphasis, was very sad.

Ailtire aitheanta go forleathan sa réigiún ab ea an t-ábhar.

The subject was a widely known architect of the region.
Bhí claonadh aige freisin i dtreo na teosóife agus an occultachais.
He too had leanings toward theosophy and occultism.
Chuaigh an fear seo ar mire go foréigneach ar an 22 Márta.
This man went violently insane on March the 22nd.
An dáta céanna a gabhadh an t-ógánach Wilcox.
The exact same date of young Wilcox's seizure.
Fuair sé bás roinnt míonna ina dhiaidh sin, tar éis dó bheith ag béicíl gan stad.
He expired several months later, after incessant screaming.
D'impigh sé go ndéanfaí é a shábháil ó áitritheoir ifrinn éigin a bhí ar éalú.
He begged to be saved from some escaped denizen of hell.
Ar an drochuair, níor thagair m'uncail do na cásanna seo de réir ainm.
Regrettably, my uncle did not refer to these cases by name.
Ina áit sin, níor tugadh ach uimhir do gach staidéar.
Instead, all studies were given nothing more than a number.
Ar an mbealach seo bhí srian orm agus mé in ann aon imscrúdú pearsanta a dhéanamh.
This way I was limited in attempting any personal investigation.
Agus bhí sé dúshlánach an fhianaise a dhaingniú tuilleadh.
And corroborating the evidence further was demanding.
Ach ar deireadh d'éirigh liom roinnt cásanna a rianú.
But finally I did succeed in tracing down some cases.
Ba cheart dom muinín a bheith agam sna nótaí ó m'uncail.
I should have trusted the notes from my uncle.
Thuairiscigh siad a gcuid aislingí fíor dá dtuairiscí.
They reported their dreams true to their reports.
Is minic a bhí mé ag smaoineamh cad a cheap siad a bhí i gceist leis an gceistiú.
I have often wondered what they thought the questioning meant.
Is fearr nach sroichfidh aon mhíniú iad choíche.
It is for the best that no explanation shall ever reach them.

Mar a luaigh mé, bhailigh m'uncail gearrthóga nuachtáin freisin.

As I have mentioned, my uncle also collected press clippings.

Bhain na gearrthóga preasa seo leis na dátaí i gceist.

These press clippings corresponded to the dates in question.

Bhí na foinsí scaipthe ar fud na cruinne.

The sources were scattered throughout the globe.

Is cinnte gur fhostaigh an tOllamh Angell biúró gearrtha.

Professor Angell must have employed a cutting bureau.

Mar gheall go raibh líon na sleachta ollmhór.

Because the number of extracts was tremendous.

Bhí comhthreomhar leis an gcuid seo dá thaighde.

There was a parallel to this part of his research.

Cásanna scaoill, mania, agus easghluaiseachta.

Cases of panic, mania, and eccentricity.

Ba chás amháin féinmharú oíche i Londain.

One case was a nocturnal suicide in London.

Léim codladh uaigneach amach as fuinneog tar éis caoineadh scanrúil.

A lone sleeper had leaped from a window after a shocking cry.

Litir fhánach chuig eagarthóir páipéir i Meiriceá Theas.

A rambling letter to the editor of a paper in South America.

Déanann fanatic todhchaí gruama a thuar ó fhíseanna a bhí aige.

A fanatic deduces a dire future from visions he had had.

Déanann teachtaireacht ó California cur síos ar choilíneacht teosafach.

A dispatch from California describes a theosophist colony.

Chuir siad róbaí bána orthu féin go forleathan le haghaidh "sástacht ghlórmhar".

They donned white robes en masse for some "glorious fulfilment".

Cé nár tháinig an "comhlíonadh glórmhar" sin chun cinn riamh.

Although that "glorious fulfilment" never arose.

Is cosúil go bhfuil corraíl thromchúiseach i measc na ndúchasach san India.

There seems to be serious unrest from the natives in India.

Iolraíodh orgaí voodoo i Háítí.

Voodoo orgies multiplied in Haiti.

Tuairiscíonn poist lasmuigh den Afraic cogarnaigh omarcacha.

African outposts report ominous mutterings.

Is cúis imní d'oifigigh Mheiriceánacha sna hOileáin Fhilipíneacha treibheanna áirithe.

American officers in the Philippines find certain tribes bothersome.

Tá sluaite Levantacha histéireacha ag bualadh póilíní Nua-Eabhrac.

New York policemen are mobbed by hysterical Levantines.

Tharla sé seo go díreach ar oíche an 22-23 Márta.

This occurred exactly on the night of March 22-23.

Bhí iarthar na hÉireann lán de ráflaí agus de finscéalta fiáine freisin.

The west of Ireland, too, was full of wild rumor and legendry.

Rinne péintéir iontach darbh ainm Ardois-Bonnot na nuachtáin sa Fhrainc.

A fantastic painter named Ardois-Bonnot made the news in France.

Chroch sé tírdhreach aislingeach diamhaslach i salon earraigh Pháras.

He hung a blasphemous dream landscape in the Paris spring salon.

Bhí na trioblóidí a taifeadadh i ngealltlanna dochreidte.

The recorded troubles in insane asylums were immeasurable.

Is cinnte gur choinnigh míorúilt na bráithreachas leighis gan amhras.

A miracle must have kept the medical fraternities unsuspecting.

Ach níor thug siad faoi deara riamh na comhthreomharachtaí aisteacha idir na cásanna.

But they never noted the strange parallelisms of the cases.

Seachas sin, bheadh conclúidí míthreoracha tagtha orthu freisin.

Else they too would have come to mystified conclusions.

Caithfidh mé a admháil gur sraith gearrthóga páipéir aisteacha a bhí iontu seo i ndáiríre.

I must confess these were indeed a set of weird paper cuttings.

Bhí argóint láidir curtha chun cinn ag m'uncail.

My uncle had put forward a convincing argument.

Ní féidir liom a mhíniú conas a chuir mé an fhianaise ar leataobh.

I can't explain how I set the evidence aside.

Ach fuair mo réasúnachas cruálach an lámh in uachtar.

But my callous rationalism took the upper hand.

Agus bhí amhras orm fós faoin dealbhóir óg, Wilcox.

And I was still suspicious of the young sculptor, Wilcox.

Caithfidh go raibh a fhios aige faoi na cúrsaí níos sine a luaigh an t-ollamh.

He must have known of the older matters mentioned by the professor.

Scéal an cigire Legrasse saor in aisce,
The Tale of Inspecter Legrasse

Lig dom d'aird a dhíriú ón dealbhóir óg.
Let me turn your attention away from the young sculptor.
Agus díreoimid ar an dara leath den lámhscríbhinn.
And let us focus on the second half of the manuscript.
Ní bheadh cúpla aisling leo féin chomh suntasach sin.
A few dreams alone would not have been so significant.
D'fhéadfaí an faoiseamh bunúsach a dhíbhe mar chleas.
The bas-relief could have been dismissed as a hoax.
Ach bhí m'uncail réidh roimhe sin chun suim a ghlacadh.
But my uncle had previously been primed to take interest.
Is cosúil go raibh nasc ag brionglóid Wilcox le himeachtaí san am atá thart.
Wilcox's dream seemed to have a link to past events.
Ní hé an chéad uair a chuala sé an focal sin.
It wasn't the first time that he had heard that word.
Na siollaí ominous b'fhéidir scríofa mar "Cthulhu".
The ominous syllables perhaps written as "Cthulhu".
Bhí tuairiscí comhchosúla feicthe agus cloiste aige cheana.
He had seen and heard of similar descriptions before.
Imlínte ifreannacha an ollphéist gan ainm.
The hellish outlines of the nameless monstrosity.
Bhí mearbhall air roimhe sin faoi na hieraglifí céanna.
He had previously puzzled over the same hieroglyphics.
Mar thoradh air seo go léir, bhí nasc uafásach idir imeachtaí ann.
All this produced a horrible connection of events.
Ní haon ionadh gur lean sé an Wilcox óg le ceisteanna.
It is no wonder he pursued young Wilcox with queries.
Agus ní mór dúinn a bheith iontasaithe gur cheistigh sé Wilcox ar an gcaoi sin.
And we must not be surprised he interrogated Wilcox so.
Tharla an taithí níos luaithe seo sa bhliain 1908.
This earlier experience had come in the year of 1908.

Seacht mbliana déag sular tháinig Wilcox chuig m'uncail mhór.

Seventeen years before Wilcox came to my great-uncle.

Bhí cruinniú ag an gcumann seandálaíochta i St. Louis.

The archeological society were meeting in St. Louis.

Bhí ról suntasach ag an Ollamh Angell sna pléití.

Professor Angell had a prominent part in the deliberations.

Bhí a fhreagrachtaí tuillte ag duine dá údarás.

His responsibilities befitted one of his authority.

Ba é duine de na chéad daoine a ndeachaigh roinnt daoine ón taobh amuigh i dteagmháil leis.

He was one of the first to be approached by several outsiders.

Bhain siad leas as an tionól chun ceisteanna a chur.

They took advantage of the convocation to offer questions.

Bhí súil acu le freagra ceart ó shaineolaí.

They hoped for correct answering from an expert.

Bhí cineálacha fadhbanna an-suntasacha ag gach duine acu.

They each had very peculiar types of problems.

Agus bhí cineálacha réitigh an-difriúla ag teastáil uathu.

And they required very different types of solutions.

Fear meánaosta coitianta a bhí i gceannas orthu seo.

The chief of these was a common-looking middle-aged man.

Agus go gasta ba é príomhfhócas spéise an chruinnithe.

And he quickly became the meeting's focus of interest.

***

Bhí sé tar éis taisteal go St. Louis an bealach ar fad ó New Orleans.

He had traveled to St. Louis all the way from New Orleans.

Bhí sé tagtha chuig an gcruinniú le haghaidh eolais speisialta.

He had come to the meeting for special information.

Eolas nach bhféadfaí a fháil gan foinse áitiúil.

Knowledge that could not be unobtained from local source.

John Raymond Legrasse, cigire póilíní, a bhí air.

His name was John Raymond Legrasse, police inspector.

Bhí ábhar rúndiamhair a fhiosrúcháin leis.

He bore with him the mysterious subject of his inquiries.

Dealbh cloiche gránna agus an-ársa de réir dealraimh.

A grotesque and apparently very ancient stone statuette.

Dealbh nár éirigh le duine ar bith a bhunús a chinneadh.

A statuette whose origin no one had been able to determine.

Ach ná glac leis gur seandálaí a bhí an Cigire Legrasse.

But don't assume Inspector Legrasse was an archeologist.

Ní raibh mórán suime aige sa tseandálaíocht, ná sa mhiotaseolaíocht.

He had very little interest in archeology, nor mythology.

Bhí cúiseanna sách difriúla lena mhian le soilsiú.

His wish for enlightenment had rather different motivations.

Ba de bharr cúinsí gairmiúla amháin a spreagadh é teacht.

He was prompted to come by purely professional considerations.

Gabhadh an dealbh mar chuid de ruathar póilíní.

The statuette had been captured as part of a police raid.

Cé nár cinneadh an dealbh a bhí ann fiú.

Although whether it was even a statuette wasn't determined.

D'fhéadfadh sé a bheith ina íol, ina fhéitis draíochta, nó ina draíocht freisin.

It could also have been an idol, magic fetish, or charm.

Cibé rud a bhí ann, gabhadh é cúpla mí roimhe sin.

Whatever it was, it had been captured some months previously.

Bhí cruinniú ar siúl i bportaigh choillteacha New Orleans.

A meeting was being held in the wooded swamps of New Orleans.

Bhí na póilíní ar an eolas faoi chruinniú voodoo líomhnaithe.

The police had been tipped of about a supposed voodoo meeting.

Deasghnátha aisteacha agus gránna a bhaineann leis an gciorcal voodoo.

Strange and hideous rites connected with the voodoo circle.

Ní fhéadfadh na póilíní gan a thuiscint cad a bhí tar éis teacht orthu.

The police could not but realize what they had stumbled on.

Cult dorcha nárbh eol do na húdaráis roimhe seo.

A dark cult previously totally unknown to the authorities.

I bhfad níos mailísí ná mar a d'fhéadfadh duine ón taobh amuigh a bheith ag súil leis.

Infinitely more sinister than what an outsider could expect.

Níos diabhalta ná na ciorcail voodoo is dorcha san Afraic.

More diabolic than the blackest of the African voodoo circles.

Scaoileadh scéalta dochreidte ó bhaill an chultúir a gabhadh.

Unbelievable tales were extorted from the captured cult members.

Ach ní fhéadfaí aon rud faoi bhunús an iarsma a fháil.

But nothing of the relic's origin could be discovered.

Dá bhrí sin tá imní ar na póilíní faoi aon seanchas seandálaíochta.

Hence the anxiety of the police for any antiquarian lore.

B'fhéidir go míníonn miotaseolaíocht ársa an tsiombail scanrúil.

Ancient mythology might explain the frightful symbol.

B'fhéidir go bhféadfadh eolas níos doimhne teacht ar an tobar.

Deeper knowledge could perhaps track the fountain-head.

Ní raibh an Cigire Legrasse ullamh don sceitimíní a chruthaigh sé.

Inspector Legrasse was not prepared for the excitement he created.

Ní raibh ag teastáil ach radharc amháin ar an réad mistéireach.

One sight of the mysterious object was all that was required.

Bhí fiosracht ag baint leis na fir eolaíochta a bhí cruinnithe.

The assembled men of science were filled with curiosity.

Níor chaill siad aon am ag bailigh go dlúth timpeall an chigire.

They lost no time in crowding closely around the inspector.

Agus rinne siad go léir iarracht an léargas is fearr a fháil ar an bhfigiúr beag bídeach.

And they all tried to get the best look at the diminutive figure.

***

Spreag an seanchas uafásach fíor samhlaíocht fhiáin.

The genuinely abysmal antiquity inspired wild imagination.

Thug an aisteachas le fios go láidir radharcanna neamhoscailte agus ársa.

The strangeness hinted so potently at unopened and archaic vistas.

Níor chuir aon scoil dealbhóireachta aitheanta beocht sa réad uafásach seo.

No recognized school of sculpture had animated this terrible object.

Ach is cosúil go raibh na céadta bliain taifeadta ar an dromchla dorcha glas.

Yet centuries seemed recorded in the dim and greenish surface.

B'fhéidir go raibh na mílte bliain i bhfolach sa chloch seo nach bhféadfaí a chur ina háit.

Perhaps thousands of years were hidden in this unplaceable stone.

Ar deireadh, tugadh an figiúr go mall ó fhear go fear.

The figurine was finally passed slowly from man to man.

Rinne gach eolaí staidéar cúramach ar mharcanna aisteacha na cloiche.

Each scientist carefully studied the strange markings of the stone.

Bhí an saothar idir seacht agus ocht n-orlach ar airde.

The work was between seven and eight inches in height.

Agus ní mór an cheardaíocht ealaíonta fíorálainn a thabhairt faoi deara.

And the exquisite artistic workmanship must be noted.

Léirigh na greantaí ollphéist le himlíne doiléir antrapóideach.

The carvings represented a monster of vaguely anthropoid outline.

Ar aghaidh an chinn cosúil le hochtapas bhí mais braiteoirí.

On the face of the octopus-esque head was a mass of feelers.

Bhí crúba ollmhóra ar na cosa deiridh agus tosaigh ag gobadh amach ón gcorp.

Prodigious claws on hind and fore feet protruded from the body.

Bhí cuma rubaireach ar an gcorp ata.

The bloated corpulence had a rubbery looking quality to it.

Agus ó chúl an choirp rubairigh tháinig dhá sciathán caola amach.

And from behind the rubbery body came out two narrow wings.

Bheadh sé instincteach smaoineamh ar an rud seo mar rud eaglach.

It would be instinctual to think of this thing as fearsome.

Bhí urchóideacht mhínádúrtha i n-aura an chréatúir.

There was an unnatural malignancy to the aura of the creature.

Chuaigh an t-ollphéist go holc ar bhloc dronuilleogach.

The gargantuan squatted evilly on a rectangular block.

Bhí an pedestal ar a raibh sé clúdaithe le carachtair dothuigthe.

The pedestal it was on was covered with undecipherable characters.

Bhain barr na sciathán le himill chúl an bhloic.

The tips of the wings touched the back edge of the block.

Bhí an créatúr ina shuí i lár an bhloic mhóir.

The creature was sitting on the middle of the giant block.

Bhí a cosa dúbailte faoina chorp ollmhór.

Its legs were doubled up under its monstrous body.

Ghlac na crúba fada, cuartha greim ar imeall tosaigh na haille.

The long, curved claws gripped the front edge of the cliff.

Bhí ceann an cheifileapóid lúbtha ar aghaidh, ag breathnú ar a ríocht.

The cephalopod head was bent forward, observing its kingdom.

Scuab foircinn na mbrathadóirí aghaidhe cúl na lapaí móra tosaigh.

The ends of the facial feelers brushed the backs of huge forepaws.

Agus rug na lapaí tosaigh ar ghlúine ardaithe an chromáin.

And the forepaws clasped the croucher's elevated knees.

Bhí cuma an-réadúil ar an radharc gránna.

The appearance of the grotesque scene was abnormally lifelike.

Ach ní dhearna an cháilíocht réadúil seo ach cúis chaolchúiseach a chur leis an eagla níos mó.

But this lifelike quality only added a subtle reason to be more fearful.

Mar ní raibh a fhios againn tada faoi fhoinse an léirithe.

Because we knew nothing about the source of the depiction.

Bhí aois ollmhór, uafásach agus dothuigthe an chréatúir doshéanta.

The creature's vast, awesome, and incalculable age was unmistakable.

Ach ní raibh aon nasc amháin léirithe ag an léiriú le haon chineál ealaíne aitheanta.

But not one link did the depiction show with any known type of art.

Ní dhearna fiú na sibhialtachtaí is luaithe tagairt don chréatúr seo.

Not even the earliest civilizations made reference to this creature.

Ach ní hé sin an t-aon phointe inar theip ar ár n-eolas.

But that is not the only point at which our knowledge failed us.

***

Ba rúndiamhair iomlán freisin mianreolaíocht na cloiche.

The mineralogy of the stone was also a complete mystery.

Bhí sracfheicthe óir breactha ar an gcloch gallúnach, glas-dubh.

Gold specks dotted the soapy, greenish-black stone.

Rith stríoca ildaite feadh fad na cloiche.

Iridescent striations ran along the length of the stone.

Go hachomair, ní raibh an chloch cosúil le rud ar bith laistigh den mhianreolaíocht.

In short, the stone resembled nothing within mineralogy.

Ní raibh geolaithe in ann an chloch a aithint ach an oiread.

Geologists hadn't been able to identify the stone either.

Bhí na hieraglifí feadh na cloiche chomh mearbhall céanna.

The hieroglyphs along the stone were equally baffling.

Bhí an córas scríbhneoireachta uafásach difriúil ó scripteanna eile.

The writing system was horribly different than other scripts.

Bhí ionadaíocht ó leath de phríomhshaineolaithe an domhain i láthair.

A representation of half the world's leading experts was present.

Ach ní fhéadfaí aon nasc le haon chóras scríbhneoireachta aitheanta a bhunú.

But no link to any known writing system could be established.

Thug gach rud le fios go scanrúil timthriall saoil sean agus neamhnaofa.

Everything frightfully suggested an old and unhallowed cycle of life.

Stair nár imir ár ndomhan ná ár gcoincheapa aon ról inti.

A history in which our world and our conceptions played no part.

Chroith na saineolaithe a gcinn, ag admháil gur chaill siad a n-iarrachtaí.

The experts shook their heads, admitting they had been defeated.

Ach níor thug saineolaí amháin suas chomh tapaidh sin.

But one expert did not give up quite so quickly.

Mhaígh sé go raibh eolas aisteach aige ar an ábhar.

He claimed to have a touch of bizarre familiarity with the subject.

Ní raibh an cruth agus an scríbhneoireacht ollmhór go hiomlán nua dó.

The monstrous shape and writing weren't entirely new to him.

Le beagán leisce d'inis sé faoin ngné bheag aisteach a raibh aithne aige air.

With some diffidence he told of the odd trifle he knew.

Ba é an duine seo an t-éagach William Channing Webb.

This person was the late William Channing Webb.

Bhí sé ina ollamh le hantraipeolaíocht in Ollscoil Princeton.

He was professor of anthropology in Princeton University.

Agus ba thaiscéalaí nach raibh mórán suntais aige.

And he was an explorer of no small significance.

***

Ocht mbliana is daichead ó shin bhí sé ag taiscéaladh na Graonlainne agus na hÍoslainne.

Forty-eight years ago he was exploring Greenland and Iceland.

Bhí a ghrúpa ag cuardach roinnt inscríbhinní Rúnacha.

His group were in search of some Runic inscriptions.

Ach theip ar an turas aon inscríbhinní a nochtadh.

But the expedition failed to unearth any inscriptions.

Shiúil siad airde chóstaí Iarthar na Graonlainne.

They trekked the heights of West Greenland's coasts.

Anseo a casadh siad ar chult aisteach d'Escimigh meathlaithe.

Here they encountered a strange cult of degenerate Eskimos.

Bhí a reiligiún comhdhéanta de chineál adhartha diabhail.

Their religion consisted of a form of devil-worship.

Agus bhí a gcuid deasghnátha tartmhar agus gránna d'aon ghnó.

And their rituals were deliberately bloodthirsty and repulsive.

Creideamh a bhí ann nárbh eol d'Eiscimigh eile mórán faoi.

It was a faith of which other Eskimos knew little.

Chrith muintir na háite nuair a luadh a gcleachtais.
Locals shuddered at the mention of their practices.
**Dúirt siad gur tháinig a gcreideamh ó réanna thar a bheith
ársa.**
They said their believes came from horribly ancient eons.
**Ré sular cruthaíodh an domhan mar is eol dúinn é anois
riamh.**
A time before the world as we know it now had ever been
made.
**Bhí íobairtí daonna agus deasghnátha oidhreachta aisteacha
ann.**
There were human sacrifices and queer hereditary rituals.
Agus bhí a n-adhradh go léir dírithe ar tornasuk uachtarach.
And all their worship was directed at a supreme tornasuk.
**Bhí cóip foghraíochta tógtha ag an Ollamh Webb ó aingekok
sean.**
Professor Webb had taken a phonetic copy from an aged
angekok.
**Bhí sé tar éis cantaireacht an tsagairt draoi a thras-scríobh
chomh maith agus a d'fhéadfadh sé.**
He had transcribed the wizard-priest's chants as best he could.
**Ach faoi láthair ní raibh na trascríbhinní seo thar a bheith
tábhachtach.**
But currently these transcriptions weren't of prime
significance.
Bhí cloch luachmhar ag an gcult a adhradh siad.
The cult had a cherished stone that they worshipped.
**Damhsaigh siad go fiáin nuair a léim an aurora thar na
haillte oighir.**
They danced wildly when the aurora leaped over the ice cliffs.
Agus i lár a ndamhsa bhí an chloch aisteach.
And in the midst of their dance was the strange stone.
**Dúirt an t-ollamh gur faoiseamh cloiche an-gharbh a bhí
ann.**
It was, the professor stated, a very crude bas-relief of stone.
**Bhí pictiúr gránna agus roinnt scríbhneoireachta cripteach ar
an gcloch.**

The stone comprised a hideous picture and some cryptic writing.

Agus chomh fada agus a bhí sé in ann a rá, ba chomhthreomhar garbh é an chloch seo.

And as far as he could tell this stone was a rough parallel.

Bhí na gnéithe riachtanacha céanna go léir ag an gcloch agus a bhaineann le rudaí beithíocha.

The stone had all the same essential features of bestial things.

Ghlac na heolaithe leis na sonraí seo le teannas agus le hiontas.

The scientists received this data with suspense and astonishment.

Bhí spéis ag an gCigire Legrasse sa mhiotaseolaíocht go gasta fiú.

Even Inspector Legrasse had quickly gained an interest in mythology.

Agus thosaigh sé láithreach ag cur ceisteanna ar a fhaisnéiseoir.

And he began at once to ply his informant with questions.

Bhí nótaí aige faoi dheasghnátha béil lucht adhartha na seicte sa phortach.

He had notes of the oral ritual of the cult-worshipers in the swamp.

D'impigh sé ar an ollamh cuimhneamh ar chantaireacht na nEscimeach diabhalta.

He besought the professor to remember the diabolist Eskimos' chants.

Ina dhiaidh sin rinneadh comparáid chuimsitheach ar na sonraí.

There then followed an exhaustive comparison of details.

Agus ansin lean nóiméad de chiúnas fíor-uafásach.

And there then followed a moment of really awed silence.

Bhí draoithe na nEskimo agus sagairt bhogaigh Louisiana ar fad ó chéile.

The Eskimo wizards and the Louisiana swamp-priests were worlds apart.

Agus fós bhí frása ann a bhí i bpáirt ag an dá dheasghnáth ifreannach.

And yet there was a phrase the two hellish rituals had in common.

"Ph'nglui mglw'nafh Cthulhu R'lyeh wgah'nagl fhtagn."

"Ph'nglui mglw'nafh Cthulhu R'lyeh wgah'nagl fhtagn."

***

Bhí buntáiste amháin ag Legrasse ar an Ollamh Webb.

Legrasse had one advantage over Professor Webb.

Bhí sé tar éis labhairt le roinnt dá phríosúnaigh mheasctha.

He had spoken to several of his mongrel prisoners.

Bhí brí an fhrása curtha ar aghaidh ag cuid acu.

Some of them had passed on the phrase's meaning.

"Ina theach ag R'lyeh fanann Cthulhu marbh ag brionglóid."

"In his house at R'lyeh dead Cthulhu waits dreaming."

Mar sin díríodh an aird ar ais ar an gCigire Legrasse.

So the attention turned back to Inspector Legrasse.

Agus cuireadh ceisteanna neamhcheangailte air.

And he was probed with many disconnected questions.

Thug sé mionsonraí faoina thaithí leis na hadhradhóirí ón gcorrach.

He detailed his experience with the worshipers from the swamp.

Chuir m'uncail brí mhór leis an scéal.

My uncle attached profound significance to the story.

Bhain an tuarascáil blas as na brionglóidí is fiáine a bhí ag lucht déanta miotais.

The report savored of the wildest dreams of myth-makers.

Ní fhéadfadh na teosafaigh níos mó samhlaíochta a sholáthar.

Theosophists could not have provided more imagination.

Ach tháinig na fealsúnachtaí ó fhoinsí gan choinne.

But the philosophies came from unexpected sources.

D'inis leathchaistí agus pariahs na scéalta fantaisíochta seo.

Half-castes and pariahs told these fantastical stories.

Ar an 1 Samhain 1907, tharla a shraith imeachtaí.

On November 1st, 1907, his chain of events unfolded.

Fuair póilíní New Orleans glaonna éadóchasacha.

The New Orleans police received desperate calls.

Glaodh orthu chuig tír na mbogach agus an lagúin ó dheas.

They were called to the swamp and lagoon country to the south.

Bhí na lonnaitheoirí ansin primitive den chuid is mó, ach dea-chroíoch.

The settlers there were mostly primitive, but good-natured.

Ba shliocht fhir Lafitte formhór na ndaoine a bhí ina gcónaí cois an bhogaigh.

Most living by the swamp were descendants of Lafitte's men.

Ach anois bhí siad i ngreim uafáis ghéar.

But now they were in the grip of stark terror.

Bhí rud anaithnid tar éis goid orthu i rith na hoíche.

An unknown thing had stolen upon them in the night.

Is cosúil gurbh é an voodoo ba chúis leis an suaitheadh.

It was voodoo, apparently, that caused the disturbance.

Ach ba voodoo é murab ionann agus na cineálacha eile voodoo.

But it was a voodoo unlike the other forms of voodoo.

Vúdú de chineál níos uafásaí ná mar a bhí ar eolas acu riamh.

Voodoo of a more terrible sort than they had ever known.

Bhí cuid dá mná agus dá bpáistí imithe.

Some of their women and children had disappeared.

Bhí drumadóireacht mailíseach tosaithe ag bualadh gan stad.

A malevolent drumming had begun its incessant beating.

I bhfad agus domhain laistigh den choill dorcha, dubha taibhsí sin.

Far and deep within those dark, black haunted woods.

Ansin, áit nár leomh aon áitritheoir dul i ngar dó.

There, where no dweller dared to ventured close to.

Bhí béicíl mire agus screadaíl chráite ann.

There were insane shouts and harrowing screams.

Cantaireacht fhuaraithe agus lasracha diabhail ag damhsa.

Soul-chilling chants and dancing devil-flames.
Ní raibh an teachtaire ná a mhuintir in ann seasamh leis níos mó.
The messenger and his people could stand it no more.
Chuaigh fiche póilín amach go déanach san iarnóin.
A body of twenty police set out in the late afternoon.
Agus tháinig lonnaitheoir crithfhulangach leo mar threoraí.
And a shivering settler came with them as a guide.

***

Ag deireadh an bhóthair inrochtana tháinig siad amach.
At the end of the passable road they alighted.
Ar feadh mílte agus mílte lean siad orthu ag spalpadh i dtost.
For miles and miles they splashed on in silence.
Agus chuaigh siad ar aghaidh trí na coillte cuipréis uafásacha.
And they went on through the terrible cypress woods.
Coillte dorcha, dorcha ina raibh an lá ach beagnach riamh.
Dark, dark woods in which day but almost never came.
Leagann fréamhacha gránna gaistí dóibh sa talamh fliuch.
Ugly roots set traps for them in the wet ground.
Bhí lúbanna crochta mailíseacha de chaonach Spáinneach timpeall orthu.
Malignant hanging nooses of Spanish moss beset them.
I gcéin tháinig an lonnaíocht i radharc de réir a chéile.
In the distance the settlement slowly came into sight.
Rith na háitritheoirí histéireacha amach as na botháin thruamhéalacha.
Hysterical dwellers ran out of the miserable huts.
Bhailigh siad timpeall an ghrúpa lantairní ag luascadh.
They clustered around the group of bobbing lanterns.
I bhfad, i bhfad chun tosaigh, d'fhéadfaí cúis an eagla go léir a chloisteáil.
Far, far ahead the cause of all the fear could be heard.
Bhí buille maol na ndrumaí inchloiste go lag anois.

The muffled beat of drums was now faintly audible.
Uaireanta d'athraigh an ghaoth agus nocht sí fuaimeanna difriúla.
At times the wind shifted and revealed different sounds.
Bhí screadaíl ghlútacha le cloisteáil ag eatraimh neamhchoitianta.
Curdling shrieks were audible at infrequent intervals.
Dhealraigh sé go raibh lonrú dearg ag sceitheadh tríd an bhfásach.
A reddish glare seemed to filter through the undergrowth.
Bhí leisce ar na lonnaitheoirí a bheith fágtha ina n-aonar arís.
The settlers were reluctant to be left alone again.
Ach dhiúltaigh siadsan go díreach bogadh ar aghaidh ach an oiread.
But they point blank refused to move forwards either.
Mar sin, lean an cigire agus a chomhghleacaithe ar aghaidh gan treoir.
So the inspector and his colleagues plunged on unguided.
Agus chuaigh siad isteach i ndoras dubha an uafáis.
And they went into the black arcades of horror.
Bhí drochchlú ar an réigiún go traidisiúnta.
The region was one of traditionally evil repute.
Bhí na tailte beagnach neamhaithnid ag fir gheala.
The lands were substantially unknown by white men.
Ní raibh mórán taiscéalaithe tar éis na réigiúin sin a thrasnú go fóill.
Not many explorers had traversed those regions yet.
Bhí finscéalta ann freisin faoi loch i bhfolach.
There were also legends of a hidden away lake.
Corp uisce fós gan radharc marfach air.
A body of water still unglimpsed by mortal sight.
Deirtear go raibh créatúr aisteach ina chónaí sa loch.
In the lake it was said there dwelt a strange creature.
Rud ollmhór, gan chruth bán, polapasach le súil lonrúil.
A huge, formless white polypous thing with luminous eye.

Agus bhí lonnaitheoirí ag cogarnaigh faoi dheamhain sciathánacha ialtóg.

And settlers whispered about bat-winged devils.

D'eitil siad aníos as uaimheanna ón domhan istigh.

They flew up out of caverns from the inner earth.

Agus le chéile déanann na deamhain adhradh dó ag meán oíche.

And together the demons worship it at midnight.

Dúirt siad go raibh sé ann roimh D'Iberville.

They said it had been there before D'Iberville.

Dúirt siad go raibh sé ann roimh La Salle freisin.

They said it had been there before La Salle too.

Dúirt siad go raibh sé ann roimh na Meiriceánaigh Dhúchasacha.

They said it was there before the Native Americans.

B'fhéidir go raibh sé ann fiú roimh na beithígh shláintiúla.

Perhaps it was even there before the wholesome beasts.

Tromluí a bhí ann féin a chuir fir ag brionglóid.

It was a nightmare itself that made men dream.

Agus an rud a fheiceáil, ba ionann é agus bás.

And to see the thing was the same as death.

Agus mar sin bhí dóthain rabhaidh acu le go mbeadh a fhios acu fanacht amach.

And so they had enough warning to know to keep away.

Mar gur ann a tugadh rabhadh dóibh go raibh sé i ndáiríre.

Because it was indeed where they were warned it was.

Bhí an t-orgy voodoo ar imeall na ceantair ghránna seo.

The voodoo orgy was on the fringe of this abhorred area.

Ach bhí an suíomh dona go leor cheana féin.

But the location was already bad enough by itself.

Ní dhearna na gníomhaíochtaí voodoo ach cur leis an uafás.

The voodoo activities only added to the horror.

B'fhéidir go dtabharfadh filíocht ceart do na torainn a chloistear.

Perhaps poetry could do justice to the noises heard.

Seachas sin ní chabhródh ach an mire le duine a thuiscint.

Otherwise only madness would help one understand.

Ach tá Legrasse ag treabhadh ar aghaidh tríd an móin dhubh.
But Legrasse's plowed on through the black morass.
Chriostalaigh fuaim na drumadóireachta ciúine go mall.
The sound of the muffled drumming slowly crystalized.
Agus lean siad ar aghaidh go seasta i dtreo an ghlór dhearg.
And they continued steadily towards the red glare.

***

Tá cáilíochtaí gutha ann atá sainiúil do fhir.
There are vocal qualities specific to men.
Agus tá cáilíochtaí gutha ann atá sainiúil do beithígh.
And there are vocal qualities specific to beasts.
Is uafásach é nuair a dhéanann duine fuaimeanna an duine eile.
It is terrible when one makes the sounds of the other.
Shaor fearg ainmhithe iad óna srian daonna.
Animal fury freed them of their human restraint.
Bhuail ceadúnas orgáiseach iad go hardáin dheamhanacha.
Orgiastic license whipped them into demoniac heights.
Uafáis a stróic trí na coillte dorcha sin i gcónaí.
Howls that tore through those perpetually dark woods.
Éicstáis screadaíl a macallaigh i meon gach duine.
Squawking ecstasies that echoed in everyone's mind.
Fuaimeann sé cosúil le stoirmeacha plága ó mhuir ifrinn.
Sounds like pestilential tempests from the gulfs of hell.
Anois is arís scoirfeadh na glórtha nach raibh chomh eagraithe.
Now and then the less organized ululations would cease.
D'éirigh cór dea-chleachtaithe de ghlórtha garbha i mbun canadh.
A well-drilled chorus of hoarse voices rose in singsong.
Agus chan siad an frása gránna sin dá deasghnáth.
And they chanted that hideous phrase of their ritual.
"Ph'nglui mglw'nafh Cthulhu R'lyeh wgah'nagl fhtagn"
"Ph'nglui mglw'nafh Cthulhu R'lyeh wgah'nagl fhtagn"

Ansin shroich na fir áit inar bhí na crainn níos gann.
Then the men reached a spot where the trees were sparser.
Go tobann tagann siad i radharc an tseó féin.
Suddenly they come in sight of the spectacle itself.
Ghlac ceathrar acu greim ar na rudaí uafásacha a chonaic siad.
Four of them reeled from the horrible things they saw.
Thit fear amháin i laige, agus chroitheadh beirt acu agus scread siad go fiáin.
One man fainted, and two were shaken into a frantic cry.
Ar ámharaí an tsaoil níor chuala cluasa eile a gcuid screadaíl.
Fortunately their screams were not heard by other ears.
Mharbh cacafónaíocht mire an orgáin a gcuid screadaíl.
The mad cacophony of the orgy deadened their screams.
Shéid Legrasse uisce portaigh ar an bhfear a bhí ag lagú.
Legrasse splashed swamp water on the fainting man.
Sheas siad suas arís, ach beagnach faoi hipníocht le huafás.
They stood up again, but nearly hypnotized with horror.
I nglasra nádúrtha an bhogaigh bhí oileán féarach.
In a natural glade of the swamp stood a grassy island.
Shín an t-oileán féarach ar feadh acra b'fhéidir.
The grassy island extended perhaps for an acre.
Agus bhí an ceantar saor ó chrainn agus tirim go leor.
And the area was clear of trees and tolerably dry.
Léim agus chas slua de mhíghnéasacht dhaonna.
A horde of human abnormality leaped and twisted.
Ní fhéadfadh aon Sime péinteáil a bhí na fir a fheiceáil.
No Sime could paint what the men were seeing.
Níor phéinteáil aon Angarola radharc chomh dothuigthe riamh.
No Angarola has ever painted such an indescribable scene.
Rinne an sceith hibrideach tine chnámh ollmhór i gcruth fáinne.
The hybrid spawn made a monstrous ring-shaped bonfire.
Ghlaodh siad, bhéic siad agus lúb siad thart ina nocht.
They brayed bellowed and writhed about in their nudity.
Ó am go ham bhíodh scoilteanna i gcuirtín na lasrach.

Occasionally there were rifts in the curtain of flame.
Agus ansin nochtaíodh cuspóir a n-adhradh é féin.
And there the object of their worship revealed itself.
I lár na tine sheas monalít mór eibhir.
In the midst of the fire stood a great granite monolith.
Ní raibh an struchtúr cloiche ach thart ar ocht dtroigh ar airde.
The stone structure was only about eight feet in height.
Agus bhí an dealbh snoite díobhálach ina luí ar an monolith.
And the noxious carven statuette rested on the monolith.
Bhí an díomhaointeas beagnach neamhchomhoiriúnach ina bheagán.
The idle was almost incongruous in its diminutiveness.
Scaipthe go cothrom, bhí scafall tógtha timpeall an tine.
Spaced evenly, scaffolds had been erected around the fire.
Bhí roinnt corp millte crochta ón scafall.
From the scaffolding hung a number of marred bodies.
Coirp na ndaoine a bhí imithe as radharc in aice láimhe.
The bodies of those that had disappeared from nearby.
Bhí fáinne na n-adhradh taobh istigh den chiorcal seo.
It was inside this circle the ring of worshipers were.
Agus bhéic siad agus léim siad sa trance frantic.
And they roared and jumped in the frantic trance.
Ba é treo ginearálta na gluaiseachta tuathal.
The general direction of the motion was anti-clockwise.
An fáinne coirp ag ciorcalú timpeall an fháinne tine.
The ring of bodies circling around the ring of fire.
Chuimhnigh fear amháin ar shonraí eile a chuir níos mó imní orm fós.
One man recollected other details even more concerning.
Ach b'fhéidir gur spreag na macallaí é chun rudaí eile a chloisteáil.
But perhaps the echoes induced him to hear other things.
Shamhlaigh sé gur chuala sé freagraí frithfónacha ar an deasghnáth.
He fancied he heard antiphonal responses to the ritual.

Torainn ó áit gan soilsiú níos doimhne laistigh den choill.
Noises from an unillumined spot deeper within the woods.
Bhuail mé leis an bhfear seo, Joseph D. Galvez, níos déanaí agus chuir mé ceist air.
This man, Joseph D. Galvez, I later met and questioned.
Agus chruthaigh sé go deimhin go raibh samhlaíocht thar a bheith suaiteach aige.
And he proved to indeed be distractingly imaginative.
Thug sé le fios fiú go raibh fuaim lag sciathán mór ann.
He even hinted at the faint beating of great wings.
Agus mhol sé go raibh spléachadh ar shúile lonracha ann.
And he suggested there was a glimpse of shining eyes.
Agus taobh amuigh de na crainn, mórchóir bán sléibhtiúil de rud éigin.
And beyond the trees, a mountainous white bulk of something.
Is dóigh liom gur chuala sé an iomarca piseoga dúchasacha.
I suppose he had heard too much native superstition.
Ach i ndáiríre, ní raibh an sos uafásach chomh gearr sin.
But actually the horrified pause was relatively brief.
Tháinig dualgas ar dtús, agus bhí siad tagtha chun jab a dhéanamh.
Duty came first, and they had come to do a job.

*****

Caithfidh go raibh beagnach céad ceiliúróir measctha ann.
There must have been nearly a hundred mongrel celebrants.
Ach bhí na póilíní in ann brath ar a n-arm tine.
But the police were able to rely on their firearms.
Agus tum siad go diongbháilte isteach sa ruaig mhall.
And they plunged determinedly into the nauseous rout.
Ar feadh cúig nóiméad bhí an torann círéibeach thar a bheith dothuigthe.
For five minutes the chaotic din was beyond description.
Buaileadh buillí fiáine agus scaoileadh urchair.
Wild blows were struck and shots were fired.

D'éalaigh cuid acu ón ngabháil trí rith isteach sa dorchadas.
Some escaped arrest by running into the darkness.
Bhí eolas níos fearr acu ar leagan amach an chorraigh.
They had a better knowledge of the layout of the swamp.
Ach ghabh Legrasse agus a chuid fear thart ar leath acu.
But Legrasse and his men caught around half of them.
Agus bhí thart ar seacht bpríosúnach is daichead gruama san áireamh acu.
And they counted around forty-seven sullen prisoners.
B'éigean dóibh a gcuid éadaí a chur orthu arís.
They were forced to put on their clothes again.
Agus thit siad i líne idir dhá shraith póilíní.
And they fell into line between two rows of policemen.
Bhí cúigear de na hadhradh marbh cois tine.
Five of the worshipers lay dead by the fire.
Iompraíodh beirt phríosúnach a bhí gortaithe go dona.
Two severely wounded prisoners were carried away.
Ar ndóigh, baineadh an íomhá ar an monolith.
Of course the image on the monolith was removed.
Thug Legrasse féin an fhianaise chuig an stáisiún póilíní.
Legrasse himself took the evidence to the police station.
Bhí an turas ar ais go dtí an ceanncheathrú an-strusmhar.
The trip back to the headquarters was of intense strain.
Rinneadh scrúdú ar na fir nuair a d'fhill siad ar an tsibhialtacht.
The men were examined when they got back to civilization.
Chruthaigh na príosúnaigh go léir gur fir de chineál an-íseal a bhí iontu.
The prisoners all proved to be men of a very low type.
Bhí siad go léir measctha fola, agus neamhghnách ó thaobh meabhrach de.
They were all mixed-blooded, and mentally aberrant.
Ba mhairnéalaigh iad formhór acu de réir ceirde, nó gairmeacha comhchosúla.
Most were seamen by trade, or some similar professions.
Bhí daoine gorma agus mulatos scaipthe ina measc.
Negroes and mulattoes were sprinkled among them.

Ach is cosúil gurbh Indiaigh Thiar nó Portaingéalaigh Brava a bhí sa chuid is mó díobh.

But most seemed to be West Indians or Brava Portuguese.

Tháinig siad den chuid is mó ó Oileáin Rinn Verde.

They primarily came from the Cape Verde Islands.

Thug siad dathú voodooism don chult ilchineálach.

They gave the heterogeneous cult a coloring of voodooism.

Ach ní raibh fiú gá le ró-chuid ceisteanna a chur.

But there wasn't even a need to ask too many questions.

Tháinig an chonclúid chun solais go gasta leis féin.

The conclusion quickly became manifest by itself.

Bhí rud éigin i bhfad níos doimhne ná fetiseachas dubh i gceist.

Something far deeper than negro fetishism was involved.

Cé nach raibh siad eolach, bhí a scéal comhsheasmhach.

Although ignorant, but their story was consistent.

Labhair na créatúir go léir faoin bpríomhsmaoineamh céanna.

The creatures all spoke of the same central idea.

Bhí an creideamh gránna céanna acu go léir cinnte.

They certainly all shared the same loathsome faith.

D'adhradh siad, mar a dúirt siad, na seanóirí móra.

They worshiped, so they said, the great old ones.

Mhair na seanóirí móra i bhfad sularbh ann do dhaoine ar bith.

The great old ones lived long before there were any men.

Agus tháinig siad chuig an saol óg as an spéir.

And they came to the young world out of the sky.

Bhí na seanchinn sin imithe anois, a mhínigh siad.

Those old ones were now gone, they explained.

Bhí siad anois taobh istigh den talamh agus faoin bhfarraige.

They were now inside the earth and under the sea.

Ach fuair a gcorp marbh bealaí chun a rúin a insint.

But their dead bodies found ways to tell their secrets.

Chogarnaigh siad isteach i mbrionglóidí na gcéad fhear.

They whispered into the dreams of the first men.

Agus bhunaigh na chéad fhir cult nár bhásaigh riamh.
And the first men formed a cult which has never died.

***

Bhí an cult ann i gcónaí, agus bheadh sé ann i gcónaí.
The cult had always existed, and always would exist.
Bhí a lucht leanúna i bhfolach i ndíthreabhaigh ar fud an domhain.
Their followers were hidden in wastes all over the world.
Bhí a lucht leanúna in áiteanna dorcha nár thug taiscéalaithe aird orthu.
Their followers were in dark places explorers overlooked.
Agus d'fhanfaidís i bhfolach go dtí go nglaofaí orthu.
And they would remain hidden until they were called.
Nuair a thagann an sagart mór Cthulhu chun solais arís.
When the great priest Cthulhu rises again to the surface.
Nuair a thugann Cthulhu an domhan faoina smacht arís.
When Cthulhu brings the earth again beneath his sway.
Nuair a fhágann Cthulhu a theach dorcha i gcathair chumhachtach R'lyeh.
When Cthulhu leaves from his dark house in the mighty city of R'lyeh.
Lá éigin bhí sé ag dul ag glaoch, nuair a bheadh na réaltaí réidh.
Some day he was going call, when the stars were ready.
Agus beidh an cult rúnda i gcónaí ag fanacht le é a shaoradh.
And the secret cult will always be waiting to liberate him.
Idir an dá linn, ní gá a thuilleadh dá scéal a insint.
Meanwhile, no more of his story must be told.
Bhí rún ann nach bhféadfadh fiú an chéasadh a bhaint amach.
There was a secret even torture could not extract.
Ní raibh an cine daonna ina aonar i measc rudaí comhfhiosacha an domhain.
Mankind was not alone among the conscious things of earth.

Mar tháinig cruthanna amach as an dorchadas chun cuairt a thabhairt ar an mbeagán dílis.

Because shapes came out of the dark to visit the faithful few.

Ach ní hiad seo na cinn mhóra sean.

But these were not the great old ones.

Ní fhaca aon fhear riamh na cinn mhóra sean.

No man had ever seen the great old ones.

Ba é an dealbh snoite de Cthulhu mór.

The carven idol was of great Cthulhu.

Ní fhéadfadh aon duine a rá an raibh na daoine eile cosúil leis.

None could say whether the others were like him.

Ní fhéadfadh aon duine an sean-scríbhneoireacht a léamh anois.

No one could read the old writing now.

Ina áit sin, dúradh rudaí ó bhéal.

Instead, things were told by word of mouth.

Ní raibh an deasghnáth cantaireachta ina rún.

The chanted ritual was not the secret.

Níor dúradh an rún os ard riamh, ní raibh ann ach cogar.

The secret was never spoken aloud, only whispered.

Chiallaigh an cantaireacht rud amháin, agus rud amháin ina aonar:

The chant meant one thing, and one thing alone:

"Ina theach ag R'lyeh fanann Cthulhu marbh ag brionglóid."

"In his house at R'lyeh dead Cthulhu waits dreaming."

Ní bhfuarthas ach beirt de na príosúnaigh slán meabhrach go leor le crochadh.

Only two of the prisoners were found sane enough to be hanged.

Bhí an chuid eile acu tiomanta d'institiúidí éagsúla.

The rest of them were committed to various institutions.

Shéan gach duine gur ghlac siad páirt ar bith sna dúnmharuithe deasghnátha.

All denied to have taken any part in the ritual murders.

Dúirt siad gur rud éigin eile a rinne an marú.

They said the killing had been done by something else.

"Na cinn sciathánacha dubha," a d'áitigh siad go léir, ar
leithligh.
"The black-winged ones," they each insisted, separately.
Bhí siad tagtha chucu óna n-áit chruinnithe ó chian.
They had come to them from their immemorial meeting-place.
Bhí siad tagtha amach as na coillte taibhseacha.
They had arisen out from the haunted woodlands.
Ach bhí scéalta na gcomhghuaillithe mistéireach
neamhréireach.
But the stories of mysterious allies were inconsistent.

***

Tháinig an chuid is mó den rud a bhain na póilíní amach ó
fhear amháin.
What the police did extract came mainly from one man.
Mestizo an-aosta darbh ainm Castro.
An immensely aged mestizo named Castro.
Mhaígh sé gur sheol sé chuig calafoirt aisteacha.
He claimed to have sailed to strange ports.
Agus dúirt sé go raibh sé i sléibhte na Síne.
And he said he had been to the mountains of China.
Labhair sé ansin le ceannairí síoraí an chultúir.
There he talked with undying leaders of the cult.
Chuimhnigh an sean-Castro ar phíosaí de finscéalta gránna.
Old Castro remembered bits of hideous legend.
Chuir a chuid finscéalta deireadh le tuairimíocht na
dtéasafaithe.
His legends paled the speculations of theosophists.
Chuir a chuid scéalta cuma ar an duine mar chruthú nua.
His stories made man seem like a recent creation.
Bhí an domhan féin neamhbhuan ina chuntas ar rudaí.
Even the world was transient in his account of things.
Bhí cianta ann nuair a bhí Rudaí eile i réim ar an domhan.
There had been eons when other Things ruled on the earth.
Agus bhí cathracha móra acu anseo ar an talamh.
And they had had great cities here on the earth.

D'inis na Síneach gan bhás rúin choimeádta dó.
The deathless Chinamen told him reserved secrets.
Bhí sé ráite leis go raibh a gcuid fothracha le fáil fós.
He had told him their ruins could still be found.
Bhí clocha Cioclópacha fós ar oileáin san Aigéan Ciúin.
There were still Cyclopean stones on islands in the Pacific.
Fuair siad uile bás i dtréimhsí fada ama sular tháinig an duine.
They all died vast epochs of time before man came.
Ach bhí eolas agus cleachtais sna healaíona ársa.
But there were knowledges and practices in ancients arts.
Deasghnátha speisialta a d'fhéadfadh iad a athbheochan arís, le himeacht ama.
Special rituals which could revive them again, in time.
I dtimthriall na síoraíochta bhí a bhfilleadh dosheachanta.
In the cycle of eternity their return was inevitable.
Nuair a thagann na réaltaí timpeall arís sna suíomhanna cearta
When the stars come round again to the right positions
Bhí siad féin tagtha ó na réaltaí go deimhin.
They had, indeed themselves come from the stars.
"Na sean-chinn iontacha seo," ar lean Castro.
"These great old ones," Castro continued.
Ní raibh siad comhdhéanta go hiomlán de fhuil agus de fheoil.
They were not composed entirely of flesh and blood.
"Bhí cruth orthu," a d'áitigh Castro go muiníneach.
They had shape," Castro insisted, confidently.
Agus bhí cruthúnas aisteach aige ar a raibh sé a chreidiúint.
And he had strange proof for what he believed.
Ach ní as ábhar a bhí an cruth a ghlac siad.
But the shape they took on was not made of matter.
Nuair a bhí na réaltaí ina suíomhanna cearta.
When the stars were in their right positions.
Ansin d'fhéadfaidís tumadh ó shaol amháin go saol eile.
Then they could plunge from one world to another.
Mar is féidir leo iad féin a bhogadh tríd an spéir.

Because they can move themselves through the sky.

Ach nuair a bhí na réaltaí mícheart, ní féidir leo maireachtáil.

But when the stars were wrong, they cannot live.

Agus is fíor nach maireann siad a thuilleadh mar a dhéanaimidne.

And it is true that they no longer live like we do.

Ach in ainneoin sin, ní fhaigheann siad bás i ndáiríre riamh ach an oiread.

But despite that, they never really die either.

Luíonn siad i dtithe cloiche ina gcathair mhór R'lyeh.

They rest in stone houses in their great city of R'lyeh.

Tá siad caomhnaithe ag geasa Cthulhu cumhachtach.

They are preserved by the spells of mighty Cthulhu.

Mar sin luíonn siad ansin, gan tionchar ag imeacht ama orthu.

So there they lie, unaffected by the passing of time.

Agus tá siad ag fanacht le haiséirí glórmhar eile.

And they wait for another glorious resurrection.

Nuair a bheidh na réaltaí agus an domhan réidh dóibh arís.

When the stars and earth are ready for them again.

Ach tá siad fós ag brath ar fhórsa seachtrach.

But they are still dependent on an outside force.

D'fhóin fórsa ón taobh amuigh chun a gcorp a shaoradh.

A force from outside served to liberate their bodies.

Chaomhnaigh na geasa iad agus choinnigh siad slán iad.

The spells preserved them and kept them intact.

Ach choinnigh na geasa iad ó bhriseadh saor freisin.

But the spells also kept them from breaking free.

Mar sin ní fhéadfadh siad ach luí ina ndúiseacht sa dorchadas agus smaoineamh.

So they could only lie awake in the dark and think.

***

Idir an dá linn, chuaigh na milliúin bliain gan áireamh thart.

In the meantime uncounted millions of years rolled by.

Bhí a fhios acu gach a raibh ag tarlú sa chruinne.

They knew all that was occurring in the universe.

Mar gheall gur smaointeoireacht a tharchuir a modh cainte.

Because their mode of speech was transmitted thought.

Fiú amháin anois bhí siad ag comhrá ina n-uaigheanna.

Even now they were talking in their tombs.

Ansin, i ndiaidh gan teorainn anacair, tháinig na chéad fhir.

Then, after infinities of chaos, the first men came.

Labhair na seanóirí móra leis na daoine íogaire ina measc.

The great old ones spoke to the sensitive among them.

Labhair siad leo trína n-aislingí a mhúnlú.

They spoke to them by molding their dreams.

Ar an mbealach sin amháin a d'fhéadfadh a dteanga teacht ar intinn fheolmhara mamach.

Only that way could their language reach the fleshly minds of mammals.

Ansin, a dúirt Castro go ciúin, bhunaigh na chéad fhir sin an cult.

Then, whispered Castro, those first men formed the cult.

D'eagraigh siad iad féin timpeall ar idols beaga.

They organized themselves around small idols.

Na hiolanna beaga a thaispeáin na cinn mhóra dóibh.

The small idols which the great ones had shown them.

Íodail a tugadh ó réanna dorcha ó réaltaí dorcha.

Idols brought from dim eras from dark stars.

Ní bhfaigheadh an cult sin bás go dtí go dtiocfadh na réaltaí i gceart arís.

That cult would never die till the stars came right again.

Bhí na sagairt rúnda chun Cthulhu mór a thógáil as a uaigh.

The secret priests were going to take great Cthulhu from His tomb.

Agus bhí siad chun a chuid ábhar a athbheochan.

And they were going to revive His subjects.

Agus ansin bhí Cthulhu chun a riail ar an domhan a atosú.

And then Cthulhu was going to resume His rule of earth.

Bheadh an t-am ceart le feiceáil go soiléir.

The right time was going to reveal itself quite clearly.

Ag an am sin beidh an cine daonna cosúil leis na cinn mhóra sean.

At that time mankind will have become as the great old ones.

Beidh siad saor agus fiáin agus thar an mhaith agus an t-olc.

They will be free and wild and beyond good and evil.

Cuirfear dlíthe agus moráltacht ar leataobh.

Laws and morals are going to be thrown aside.

Beidh na fir uile ag béicíl agus ag marú agus ag baint taitnimh as áthas.

All men will be shouting and killing and reveling in joy.

Ansin múinfidh na sean-daoine saortha na bealaí nua dóibh.

Then the liberated old ones will teach them the new ways.

Bealaí nua chun béicíl agus marú agus reáchtáladh agus taitneamh a bhaint as.

New ways to shout and kill and revel and enjoy.

Agus lasfaidh an talamh uile le hollloscadh éicstéise agus saoirse.

And all the earth will flame with a holocaust of ecstasy and freedom.

Idir an dá linn, b'éigean don chult na deasghnátha cuí a chleachtadh.

Meanwhile the cult had to practice the appropriate rites.

B'éigean dóibh cuimhne na sean-nósanna sin a choinneáil beo.

They had to keep alive the memory of those ancient ways.

Agus b'éigean dóibh fáistin a bhfillidh a leanúint.

And they had to shadow forth the prophecy of their return.

I sean-aimsir labhair fir roghnaithe leis na Sean-Daoine a bhí curtha i dtuamaí.

In the elder time chosen men spoke with the entombed Old Ones.

Labhair na Sean-Daoine atá curtha faoi thalamh leo ina mbrionglóidí.

The entombed Old Ones spoke to them in their dreams.

Ach ansin chuir rud éigin isteach ar a modhanna cumarsáide.

But then something disturbed their means of communication.

Bhí an chloch mhór sa chathair R'lyeh imithe faoi na tonnta.
The great stone in the city R'lyeh had sunk beneath the waves.
Agus bhí na monailití agus na huaigheanna faoi na huiscí.
And the monoliths and sepulchers were beneath the waters.
Uiscí doimhne lán den aon rúndiamhair phríomhúil amháin.
Deep waters full of the one primal mystery.
Uiscí nach féidir fiú smaoineamh dul tríd.
Waters through which not even thought can pass.
Uisce a ghearrann a gcumarsáid speictreach.
Water that cut off their spectral communication.
Ach níor bhásaigh cuimhne na deasghnátha agus na ngnáthaimh riamh.
But the memory of the rites and rituals never died.
Agus dúirt na hard-shagairt go n-éireodh an chathair arís.
And high priests said that the city would rise again.
Nuair a bheadh na réaltaí ceart, bhí Cthulhu chun filleadh.
When the stars were right Cthulhu was going to return.
Tiocfaidh spioraid dhubha lofa an domhain amach arís.
The moldy black spirits of the earth will come out again.
Spiorada dubha scáthacha lán de ráflaí doiléire.
Shadowy black spirits full of dim rumors.

***

Bhailigh na spioraid i n-uaimheanna faoi ghrinneall na farraige dearmadta.
The spirits collected in caverns beneath forgotten sea-bottoms.
Ach ní raibh an sean-Castro ró-leochaileach ag labhairt faoi na spioraid sin.
But of those spirits old Castro dared not speak much.
Agus ghearr sé é féin amach ón ábhar go tapaidh.
And he hurriedly cut himself off from the topic.
Ní fhéadfadh aon mhéid cur ina luí níos mó a spreagadh sa treo seo.
No amount of persuasion could elicit more in this direction.
Ní fhéadfadh aon chaolchúis é a chur ina luí ar labhairt faoi na spioraid sin.

No subtlety could convince him to speak of those spirits.

Dhiúltaigh sé trácht ar mhéid na seanchinn freisin, ar bhealach fiosrach.

The size of the old ones, too, he curiously declined to mention.

Agus níor labhair sé mórán faoin sect ach an oiread.

And of the cult he spoke very little too.

Shíl sé go raibh an lár suite i measc fásaigh gan chosán na hAraibe.

He thought the center lay amid the pathless deserts of Arabia.

Ansin in Irem, Cathair na gColún, aislingí i bhfolach agus gan teagmháil.

There in Irem, the City of Pillars, dreams hidden and untouched.

Ní raibh an cult seo bainteach le cult cailleach na hEorpa.

This cult was not allied to the European witch-cult.

Agus bhí an cult beagnach anaithnid lasmuigh dá bhaill.

And the cult was virtually unknown beyond its members.

Níor thug aon leabhar le fios riamh a gcuid eolais i ndáiríre.

No book had ever really hinted of their knowledge.

Cé gur dúirt na Síneach gan bhás gur tháinig an tArabach buile Abdul Alhazred gar dó.

Though the deathless Chinamen said the mad Arab Abdul Alhazred came close.

Dúirt sé go raibh bríonna dúbailte ina Necronomicon.

He said that there were double meanings in his Necronomicon.

Bhí saoirse ag na daoine a tionscnaíodh é a léamh dá mba mhian leo.

The initiated were free to read it if they wanted to.

Agus ba chóir dóibh aird a thabhairt ar chúpléad amháin go háirithe.

And they should pay attention to one couplet in particular.

"Is féidir leis an rud nach bhfuil marbh codladh go deo,"

"That which is not dead can sleep for eternity,"

"Agus le míonna aisteacha féadfaidh an bás bás a fháil fiú."

"And with strange eons even death may die."

Bhí Legrasse an-tógtha leis an méid a chuala sé.

Legrasse had been deeply impressed by what he heard.

Agus ní raibh sé beagáinín mearbhallta ag an scéal.

And he was not a little bewildered by the tale.

D'fhiafraigh sé go neamhbhalbh faoi chleamhnachtaí stairiúla an chult.

He inquired in vain about the historic affiliations of the cult.

Is cosúil gur inis Castro an fhírinne faoin mionn rúndachta.

Castro, apparently, had told the truth about the oath of secrecy.

Ní raibh mórán cabhrach in acmhainn ag na húdaráis in Ollscoil Tulane ach an oiread.

The authorities at Tulane University could not offer much help either.

Ní raibh siad in ann solas a chaitheamh ar an gcult ná ar an íomhá.

The were not able to shed no light upon neither cult, nor the image.

Agus anois bhí an bleachtaire tagtha chuig na húdaráis is airde sa tír.

And now the detective had come to the highest authorities in the country.

Agus níor chuala sé aon duine eile ach scéal an Ollaimh Webb sa Ghraonlainn.

And he heard none other than Professor Webb' tale in Greenland.

***

Mhuscail scéal Legrasse spéis fhiabhraiseach ag an gcruinniú.

Legrasse's tale aroused feverish interest at the meeting.

Ní hamháin go raibh an scéal suntasach ina impleachtaí.

The story was not only significant in its implications.

Ach dearbhaíodh an scéal leis an dealbh freisin.

But the story was also corroborated by the statuette.

Bhí macalla den sceitimíní le feiceáil sa chomhfhreagras ina dhiaidh sin.

The excitement echoed in the subsequent correspondence.
D'fhan na daoine a bhí i láthair i ndlúth-theagmháil lena chéile.
Those who attended stayed in close contact with each other.
Cé nach luaitear go minic é sna foilseacháin fhoirmiúla.
Although scant mention occurs in the formal publications.
Is é an rabhadh an chéad rud a thugann siad siúd atá cleachtaithe le searlatanaíocht.
Caution is the first care of those accustomed to charlatanry.
Coinnítear meabhlaireacht amach a oiread agus is féidir.
Impostures are kept out as much as it is possible.
Ar feadh tamaill, thug Legrasse an íomhá ar iasacht don Ollamh Webb.
Legrasse for some time lent the image to Professor Webb.
Ach nuair a fuair an dara duine bás, tugadh an íomhá ar ais dó.
But at the latter's death the image was returned to him.
Agus tá an íomhá i seilbh Legrasse fós.
And the image remains in Legrasse's possession.
Seo an áit a chonaic mé an íomhá uafásach le déanaí.
This is where I viewed the terrible image not long ago.
Tá an íomhá gan dabht cosúil le dealbh aislingeach Wilcox.
The image is unmistakably akin to Wilcox' dream-sculpture.
Ní haon ionadh go raibh m'uncail chomh tógtha leis an scéal.
It was no wonder my uncle was so excited by his tale.
Agus ní haon ionadh liom gur dhein sé na hiarrachtaí a rinne sé.
And I'm not surprised he made the efforts he made.
Bhí gach a raibh ar eolas ag Legrasse faoin seict cloiste aige.
He had heard everything Legrasse knew of the cult.
Agus aislingí aisteacha cultúir fhir óig íogair.
And the strange cultish dreams of a sensitive young man.
An bas-faoiseamh díreach cosúil leis an gceann ón gcorrach.
The bas-relief just like the one from the swamp.
Cur leis an táibléad diabhail sa Ghraonlainn.
The addition of the devil tablet in Greenland.

Na focail chéanna a úsáideadh i dtrí eachtra iargúlta.

The exact same words used in three remote occurrences.

Na diabhalaithe Eskimo, na mongreligh i Louisiana, agus ansin Wilcox.

The Eskimo diabolists, the mongrels in Louisiana, and then Wilcox.

Cén chonclúid eile a d'fhéadfaí a bhaint amach?

What other conclusion could one possibly have come to?

Is nádúrtha gur lean an tOllamh Angel an chonclúid seo.

It's only natural Professor Angel pursued this conclusion.

Agus ní bheinn ag súil go mbeadh sé níos lú críochnúil.

And I wouldn't have expected him to be less thorough.

Fear a raibh déine acadúil phrionsabail aige ab ea mo sheanuncail.

My great-uncle was a man of principled academic rigor.

Cé go raibh teoiricí eile inchreidte agam go príobháideach freisin.

Though privately I also had other plausible theories.

Bhí amhras orm go raibh an Wilcox óg tar éis cloisteáil faoin sect.

I suspected young Wilcox of having heard of the cult.

B'fhéidir gur chuala sé trácht ar an sect ar bhealach indíreach éigin.

Maybe he had heard of the cult in some indirect way.

D'fhéadfadh sé sraith aislingí a chumadh go héasca.

He could easily have invented a series of dreams.

Ar an mbealach sin d'fhéadfadh sé an rúndiamhair a mhéadú agus a choinneáil beo.

That way he could heighten and continue the mystery.

Ar ndóigh, dheimhnigh na hinsintí aislingí agus na gearrthóga a bailíodh é.

The dream-narratives and cuttings collected did of course corroborate.

Ach ní raibh réasúnachas m'intinne sásta fós.

But the rationalism of my mind had not yet been satisfied.

Is féidir le comhtharlúintí bréaga an-chreidiúnacha a chruthú freisin.

Coincidences can form highly believable illusions too.

Agus caithfimid aird a thabhairt ar an iomarcaíocht a bhaineann leis an ábhar ar fad.

And we have to bear in mind the extravagance of the whole subject.

Mar sin, tugadh orm glacadh leis na conclúidí ba chiallmhaire dar liom.

So I was led to adopt what I thought the most sensible conclusions.

Rinne mé staidéar críochnúil ar an lámhscríbhinn ón tús.

I thoroughly studied the manuscript from the beginning.

Agus rinne mé comhghaol idir na nótaí teosófacha agus antraipeolaíocha.

And I correlated the theosophical and anthropological notes.

Rinne mé comparáid idir an litríocht agus insint chultúir Legrasse.

I compared the literature with the cult narrative of Legrasse.

Rinne mé turas go Providence chun an dealbhóir a fheiceáil.

I made a trip to Providence to see the sculptor.

Agus bhí sé i gceist agam an cháineadh a thabhairt dó, dar liom.

And I intended to give him the rebuke I thought proper.

Caithfidh iarmhairtí a bheith ann, dar liom, as an gcleas a d'imir sé.

There must be consequences, I felt, for the trick he played.

Bhí sé tar éis é féin a fhorchur go dána ar fhear foghlamtha agus aosta.

He had boldly imposed himself upon a learned and aged man.

***

Bhí Wilcox fós ina chónaí leis féin san áit ar casadh m'uncail air.

Wilcox still lived alone where my uncle had met him.

I bhFoirgneamh Fleur-de-Lys i Sráid Thomáis.

In the Fleur-de-Lys Building in Thomas Street.

Aithris ghránna Victeoiriach ar ailtireacht Briotánach an seachtú haois déag.

A hideous Victorian imitation of Seventeenth Century Breton architecture.

Bhí aghaidh stucó an fhoirgnimh le feiceáil i measc a thimpeallachtaí.

The building flaunted its stuccoed front amidst its surroundings.

Bhí tithe Coilíneacha áille ar an gcnoc ársa.

There were lovely Colonial houses on the ancient hill.

Agus sheas an teach faoi scáth an chloigthir Seoirseach is fearr i Meiriceá.

And the house stood under the shadow of the finest Georgian steeple in America.

Fuair mé é ag obair ina sheomraí, i measc a dhealbh.

I found him at work in his rooms, among his sculptures.

Tháinig na heiseamail a scaipeadh ó intinn an-uathúil.

The specimens scattered came from a very unique mind.

D'admhaigh mé láithreach go bhfuil a ghéineas domhain agus barántúil i ndáiríre.

At once I conceded that his genius is indeed profound and authentic.

Tá sé tar éis criostalú i gcré a dhéanamh ar an rud a thugann Arthur Machen chun cuimhne sa phrós.

He has crystallized in clay that which Arthur Machen evokes in prose.

Léirigh sé i marmar na tromluí a chuir Clark Ashton Smith ar chanbhás.

He mirrored in marble the nightmares Clark Ashton Smith put to canvas.

Creidim go labhrófar faoi lá éigin mar dhuine de na mór-dheacaireachtaí.

He will, I believe, be spoken of one day as one of the great decadents.

Bhí sé dorcha, leochaileach, agus beagáinín neamhchóireáilte ina dhreach.

He was dark, frail, and somewhat unkempt in aspect.

Chas sé go leamh nuair a bhuail mé ar a dhoras.
He turned languidly at my knock on his door.
Níor éirigh sé as a shuíochán nuair a tháinig mé isteach.
He didn't rise from his seat when I came in.
Agus d'fhiafraigh sé díom cad é cuspóir mo chuairte.
And he asked me what the purpose of my visit was.
Nuair a d'inis mé dó cé mé féin, mhúscail a spéis ionam.
When I told him who I was his interest was piqued.
Bhí m'uncail tar éis a fiosracht a mhúscailt trína bhrionglóidí aisteacha a fhiosrú.
My uncle had excited his curiosity by probing his strange dreams.
Cé nár mhínigh sé riamh cúis an staidéir.
Although he had never explained the reason for the study.
Níor leathnaigh mé a eolas sa mhéid seo.
I did not enlarge his knowledge in this regard.
Ach rinne mé iarracht, le roinnt caolchúisí, a mhuinín a fháil ionam.
But I sought with some subtlety to gain his confidence.
I mbeagán ama bhí mé cinnte de a mhacántacht iomlán.
In a short time I became convinced of his absolute sincerity.
Labhair sé faoi na brionglóidí ar bhealach nach bhféadfadh aon duine a mhearbhall.
He spoke of the dreams in a manner none could mistake.
Bhí tionchar mór ag iarmhar fo-chomhfhiosach a bhrionglóidí ar a ealaín.
His dreams' subconscious residuum had influenced his art profoundly.
Thaispeáin sé dealbh gruama dom nach raibh a leithéid feicthe agam riamh cheana.
He showed me a morbid statue of the likes I had never seen before.
Beagnach gur chuir imlínte na dealbha crith le heagla orm.
The statue's contours almost made me shake with fear.
Bhí cumhacht mholta dhubh an dealbha thar a bheith láidir.
The potency of the statue's black suggestion was overbearing.

Ní fhéadfadh sé a mheabhrú go bhfaca sé bunleagan an rud seo.

He could not recall having seen the original of this thing.

Ach ba é an faoiseamh aislingeach féin a spreag an dealbh.

But the statue was inspired by his own dream bas-relief.

Bhí na himlínte tar éis iad féin a fhoirmiú go dothuigthe faoina lámha.

The outlines had formed themselves insensibly under his hands.

Gan amhras, ba é an cruth ollmhór a raibh sé ag caint faoi go meargánta.

It was, no doubt, the giant shape he had raved of in delirium.

Go luath ina dhiaidh sin, léirigh sé nach raibh aon rud ar eolas aige faoin sect fholaithe.

That he really knew nothing of the hidden cult he soon made clear.

Níor thug ach caiticeasm gan staonadh m'uncail roinnt leideanna dó,

Only my uncle's relentless catechism had given him some clues.

Agus arís rinne mé iarracht na conclúidí soiléire a mhíniú.

And again I strove to explain the obvious conclusions away.

Cén chaoi a bhféadfadh sé na tuiscintí aisteacha sin a fháil?

How he could possibly have received the weird impressions?

Labhair sé faoina bhrionglóidí ar bhealach aisteach fileata.

He talked of his dreams in a strangely poetic fashion.

Chuir sé radharcanna a bhrionglóidí in iúl dom le beocht uafásach.

He made me see with terrible vividness the vistas of his dream.

An chathair fhliuch Chioclópach de chloch shleamhain ghlas.

The damp Cyclopean city of slimy green stone.

Bhí an geoiméadracht a dúirt sé go aisteach go hiomlán mícheart.

The geometry he oddly said, was all wrong.

Agus labhair sé faoi na chuala sé le heagla.

And he spoke of what he heard with frightened expectancy.
An glao gan stad, leathmheabhrach ón talamh:
The ceaseless, half-mental calling from underground:
"**Cthulhu fhtagn... Cthulhu fhtagn**"
"Cthulhu fhtagn... Cthulhu fhtagn"
Bhí na focail seo mar chuid den deasghnáth uafásach sin.
These words had formed part of that dreaded ritual.
**Insítear an deasghnáth faoi bhrionglóid-bhrionglóid
Cthulhu marbh.**
The ritual the told of dead Cthulhu's dream-vigil.
An deasghnáth a d'inis faoina uaigh chloiche ag R'lyeh.
The ritual that told of his stone vault at R'lyeh.
**Agus mhothaigh mé corraithe go domhain, in ainneoin mo
chreideamh réasúnach.**
And I felt deeply moved, despite my rational beliefs.
**Bhí mé cinnte gur chuala Wilcox trácht ar an sect ar bhealach
ócáideach éigin.**
Wilcox, I was sure, had heard of the cult in some casual way.
**Chaith sé a chuid ama i measc mais litríochta a bhí chomh
corr céanna.**
He spent his time in a mass of equally weird literature.
Caithfidh sé gur dhearmad sé foinse a eolais.
He must have forgotten the source of his knowledge.
**Níos déanaí, fuair an cult léiriú fo-chomhfhiosach ina
bhrionglóidí.**
Later the cult had found subconscious expression in his
dreams.
**Ach is rud nádúrtha é seo nuair a bhíonn scéalta chomh
hiontach sin.**
But this is natural when stories are so impressive.
**Faoi dheireadh, léirigh smaointe an chulta iad féin sa
bhunfhaoiseamh.**
Finally the cult's ideas manifested themselves in the bas-relief.
Agus anois léirigh ábhar an chult é féin sa dealbh uafásach.
And now the subject of the cult manifested itself in the terrible
statue.

Bhí mé cinnte go raibh a mheabhlaireacht ar m'uncail an-neamhchiontach.

I was convinced his imposture upon my uncle had been very innocent.

Bhí sé beagáinín drochbhéasach agus beagáinín míbhéasach araon.

He both slightly affected, and slightly ill-mannered.

Bhí meon aige nár thaitin liom choíche.

He had a disposition which I could never like.

Ach bhí mé sásta go leor anois a ghéineas a admháil.

But I was willing enough now to admit his genius.

Agus níl aon bhealach agam a mhacántacht a shéanadh ach an oiread.

And I have no way of denying his honesty either.

In ainneoin mo chuid mothúchán tosaigh, d'fhág mé slán leis go cairdiúil.

Despite my initial feelings, I took leave of him amicably.

Agus guím gach rath air a gheallann a thallann.

And I wish him all the success his talent promises.

***

Lean ábhar an chulta de bheith ag cur spéise dom.

The matter of the cult continued to fascinate me.

Uaireanta bhíodh físí agam den chlú pearsanta a d'fhéadfainn a bhaint amach.

At times I had visions of the personal fame I could attain.

Thug mé cuairt ar New Orleans agus labhair mé le Legrasse.

I visited New Orleans and talked with Legrasse.

Agus labhair mé le póilíní eile faoin ruathar corraigh sin.

And I spoke with other policemen of that swamp raid.

Chonaic mé an íomhá scanrúil le mo shúile féin.

I saw the frightful image with my own eyes.

Agus chuir mé ceist ar chuid de na príosúnaigh mheasctha a tháinig slán fiú.

And I even questioned some of the surviving mongrel prisoners.

Ar an drochuair, bhí an sean-Castro marbh le roinnt blianta.

Old Castro, unfortunately, had been dead for some years.

Chuir an rud a chuala mé chomh grafach sin anois sceitimíní orm arís.

What I now heard so graphically at first hand excited me afresh.

Cé nach raibh ann i ndáiríre ach dearbhú mionsonraithe.

Though it was really no more than a detailed confirmation.

An rud a dúirt siad liom, bhí sé léite agam cheana féin i nótaí m'uncail.

What they told me I had already read in my uncle's notes.

Bhí mé cinnte go raibh mé ar an mbóthar i dtreo rúnda an-réadaigh.

I felt sure that I was on the track of a very real secret.

Agus bhí mé cinnte go raibh mé chun reiligiún an-ársa a fhionnadh.

And I was sure I was going to discover a very ancient religion.

Dhéanfadh an fionnachtain antraipeolaí clúiteach díom.

The discovery would make me an anthropologist of note.

Bhí dearcadh ábharthachta réasúnach agam fós.

My attitude was still one of absolute rational materialism.

Agus is mian liom nár athraigh mo dhearcadh i leith an ábhair.

And I wish my attitude to the subject matter had not changed.

Le claonadh beagnach dothuigthe, níorbh fhéidir liom na comhtharlúintí a dhiúltú.

I discounted with almost inexplicable perversity the coincidences.

Na nótaí aisling agus na gearrthóga corr a bhailigh an tOllamh Angell.

The dream notes and odd cuttings collected by Professor Angell.

Rud amháin a thosaigh mé ag amhras faoi ná cúis bhás m'uncail.

One thing I began to doubt was the cause of my uncle's death.

Thosaigh mé ag amhras go raibh a bhás i bhfad ó bheith nádúrtha.

I began to suspect his death was far from natural.

Agus tá eagla orm anois go bhfuil a fhios agam nach raibh bás m'uncail nádúrtha.

And I now fear I know my uncle's death was not natural.

Ba ar shráid chúng cnoic a thit sé.

It was on a narrow hill street where he fell.

An tsráid ag dul suas ón gceantar seanchaite.

The street lead up from the ancient waterfront.

Tá an baile calafoirt lán le mongrels coigríche.

The port-town swarms with foreign mongrels.

Thit sé tar éis brú faillíoch ó mhairnéalach dubh.

He fell after a careless push from a negro sailor.

Ní raibh dearmad déanta agam ar fhuil mheasctha bhaill an chultúir i Louisiana.

I had not forgotten the mixed blood of the cult-members in Louisiana.

Ní raibh dearmad déanta agam ar na mairnéalaigh san orgy voodoo.

I had not forgotten the sailors in the voodoo orgy.

Agus ní bheadh ionadh air a fháil amach go raibh eolas eile acu freisin.

And would not be surprised to learn that they had other knowledge too.

Modhanna rúnda ar a dtugtaí deasghnátha cripteacha orthu fadó.

Secret methods as anciently known as the cryptic rites.

Snáthaidí nimhe chomh cruálach lena gcreideamh demónach.

Poison needles as ruthless their demonic beliefs.

Is fíor gur fágadh Legrasse agus a chuid fear ina n-aonar.

Legrasse and his men, it is true, have been let alone.

Ach sa Iorua tá mairnéalach áirithe a chonaic rudaí marbh.

But in Norway a certain seaman who saw things is dead.

Nach bhféadfadh cluasa mailíseacha spéis m'uncail sa dealbhóir a mhúscailt?

Might not sinister ears have picked up my uncle's interest in the sculptor?

Nach bhféadfadh fiosrúcháin níos doimhne m'uncail aird duine éigin a tharraingt?

Might not the deeper inquiries of my uncle have drawn someone's attention?

Sílim gur fuair an tOllamh Angell bás mar gheall ar an iomarca eolais a bhí aige.

I think Professor Angell died because he knew too much.

Nó fuair sé bás mar gheall ar an seans go bhfoghlaimeodh sé an iomarca.

Or he died because he was likely to learn too much.

An rachaidh mé amach mar a rinne sé, fanfaidh sé le feiceáil.

Whether I shall go out as he did remains to be seen.

Mar tá go leor foghlamtha agamsa faoi Cthulhu freisin.

Because I too have learned much about Cthulhu.

An Mheabhair ón bhFarraige
The Madness from the Sea

Tá aon bhua mór amháin a d'fhéadfadh neamh a bhronnadh orm.

There is one great boon heaven could grant me.

Scriosadh iomlán thorthaí seans amháin.

The total effacing of the results of a mere chance.

Is oth liom nár chonaic mé an píosa páipéir sin ar strae riamh.

I wish I had never seen that stray piece of paper.

De ghnáth ní bheadh mo ghnáthamh laethúil tar éis mé a thabhairt ann.

My daily routine would normally not have taken me there.

Ar aon lá eile ní bheinn tar éis tada a thabhairt faoi deara.

On any other day I would not have noticed anything.

Sean-eagrán d'iris Astrálach a bhí ann.

It was an old number of an Australian journal.

Irisleabhar Sydney don 18 Aibreán, 1925

The Sydney Bulletin for April 18, 1925

Bhí an páipéar tar éis sleamhnú thar an mbiúró gearrtha fiú.

The paper had even slipped past the cutting bureau.

Bhí mo chuid fiosrúcháin tugtha agam don chara den chuid is mó.

I had largely given over my inquiries to a friend.

Bhí sé tar éis obair fhormhór na taighde a ghlacadh air féin.

He had taken on the work of most of the research.

Bhí sé tagtha chun tagairt a dhéanamh don ghrúpa mar "Cult Cthulhu".

He had come to refer to the group as the "Cthulhu Cult".

Bhí mé ag tabhairt cuairte ar mo chara léannta as Paterson, New Jersey.

I was visiting my learned friend of Paterson, New Jersey.

Coimeádaí músaeim áitiúil, agus mianraolaí clúiteach.

The curator of a local museum, and a mineralogist of note.

Bhí rochtain agam ar na heiseamail atá curtha in áirithe agus mé i láthair ina mhúsaem.

While at his museum I had access to the reserved specimens.

Agus seo an uair a tharraing pictiúr aisteach m'aird.

And this is when an odd picture caught my attention.

Faoi cheann de na clocha bhí an Sydney Bulletin a luaigh mé.

Beneath one of the stones was the Sydney Bulletin I mentioned.

Tá cleamhnaithe leathana ag mo chara i ngach tír iasachta is féidir a shamhlú.

My friend has wide affiliations in all conceivable foreign lands.

Gearradh leath-thon d'íomhá chloiche uafásach a bhí sa phictiúr.

The picture was a half-tone cut of a hideous stone image.

Beagnach mar an gcéanna leis an gcloch a fuair Legrasse sa phortach.

Almost identical with the stone Legrasse had found in the swamp.

Léigh mé an t-alt go fonnmhar mar gheall ar a ábhar luachmhar.

Eagerly I read the article for its precious contents.

Ach bhí díomá orm a fháil amach nach raibh ann ach alt gearr.

But I was disappointed to find that it was just a short article.

Cé gur gairid a bhí sé, bhí an-tábhacht leis an bhfaisnéis.

Although brief, the information was of portentous significance.

"FAIGHTEAR TRÉIGTHE RÚNDIAMHAIR AR AN bhFARRAIGE"
"MYSTERY DERELICT FOUND AT SEA"

Tagann airdeallach le luamh armtha gan chabhair ón Nua-Shéalainn ina dhiaidh.

Vigilant Arrives With Helpless Armed New Zealand Yacht in Tow.

Marthanóir amháin agus fear marbh amháin aimsithe ar bord.

One Survivor and one Dead Man Found Aboard.

Scéal faoi Chath Éadóchasach agus Básanna ar Muir.

Tale of Desperate Battle and Deaths at Sea.

Diúltaíonn Mairnéalach Tarrtháilte Sonraí faoi Thaithí Aisteach.

Rescued Seaman Refuses Particulars of Strange Experience.

Íodal aisteach aimsithe ina sheilbh, fiosrúchán le leanúint.

Odd Idol Found in His Possession, Inquiry to Follow.

Bhí an luamh Alert of Dunedin, NZ, curtha as feidhm le linn cath.

The Alert of Dunedin yacht, N.Z., had been disabled in battle.

Roimhe sin, d'imigh an long ó Valparaiso ar an 25 Márta.

Previously the ship had left from Valparaiso on March 25th.

Ar an 2 Aibreán, cuireadh an long i bhfad ó dheas óna cúrsa.

On April 2nd the ship was driven considerably south of her course.

Bhí stoirmeacha thar a bheith trom tar éis an long a atreorú.

Exceptionally heavy storms had redirected the ship.

Chuir tonnta ollmhóra iallach ar an long bealach difriúil a ghlacadh.

Monster waves forced the ship to take a different route.

Ar an 12 Aibreán, chonaic long eile an long.

On April 12th the ship was sighted by another ship.

Domhanleithead 34° 21', Domhanfhad 152° 17'

Latitude 34° 21', Longitude 152° 17'

Ar dtús cheap siad go raibh an long tréigthe.

Initially they thought the ship had been deserted.

Ach bhí fear amháin beo fós le fáil ar bord.

But one still living man had been found on board.

Bhí an t-aon mharthanóir seo i riocht leath-mheabhrach.

This lone survivor was in a half-delirious condition.

Fear a bhí marbh seachtain cheana féin an t-aon íospartach eile a fuarthas.

The only other victim found was a man already dead a week.

Anois bhí an luamh gaile armtha go trom á tharraingt.

Now the heavily armed steam yacht was being towed.

Agus ar maidin bhí an long ag teacht isteach chuig a céibh.

And this morning the ship was coming in to its wharf.
Bhí an fear beo ag greim a choinneáil ar dheilbh chloiche uafásach.
The living man was clutching a horrible stone idol.
Bhí an dealbh cloiche thart ar throigh ar airde.
The stone idol was about a foot in height.
Agus ní raibh bunús na cloiche ar eolas ar chor ar bith.
And the origins of the stone were completely unknown.
Bhí mearbhall ar údaráis ollscoil Sydney.
Authorities at Sydney university were baffled.
Ní fhéadfadh an Cumann Ríoga faisnéis a thairiscint faoin íol.
The Royal Society couldn't offer information about the idol.
Agus ní raibh aon léargas ag an Músaem i Sráid an Choláiste ach an oiread.
And the Museum in College street had no insights either.
Deir an marthanóir gur aimsigh sé an chloch i gcábán an luamh.
The survivor says he found the stone in the cabin of the yacht.
De réir dealraimh, bhí an íodal i scrín bheag snoite.
Allegedly the idol was in a small carved shrine.
Agus bhí patrún coitianta ar shnoíodóireacht an scrín.
And the carvings of the shrine were of common pattern.
Tháinig an fear seo chuici féin arís sa deireadh.
This man eventually recovered back to his senses.
Agus d'inis sé scéal thar a bheith aisteach faoi phíoráideacht agus faoi ár.
And he told an exceedingly strange story of piracy and slaughter.
Is é Gustaf Johansen é, Ioruach a bhfuil clist áirithe air.
He is Gustaf Johansen, a Norwegian of some intelligence.
Agus bhí sé ina dhara maité ar an schoonar dhá chrann Emma of Auckland.
And he had been second mate of the two-masted schooner Emma of Auckland.
Sheol an long go Callao ar an 20 Feabhra, agus aon mhairnéalach déag inti.

The ship sailed for Callao February 20th, manned by eleven sailors.

Deir sé go raibh moill ar an long agus go raibh sí caite go forleathan ó dheas óna cúrsa.

The ship, he says, was delayed and thrown widely south of her course.

Bhí stoirm mhór ann ar an 1 Márta, agus ar an 22 Márta.

There was a great storm on March 1st, and on March 22nd.

Ar a dturas, bhuail siad le long eile.

On their journey they encountered another ship.

Bhí sé seo i ndomhanleithead Theas 49° 51′, domhanfhad Thiar 128° 34′

This was in S. Latitude 49° 51′, W. Longitude 128° 34′

Bhí criú aisteach agus olc ar an long seo.

This ship was manned by a queer and evil-looking crew.

Ba de shliocht Kanakas agus leathchasta na fir go léir.

All the men were of Kanakas and half-castes.

Tar éis ordú géar a thabhairt don Chaptaen Collins filleadh ar ais, dhiúltaigh sé.

Being ordered peremptorily to turn back, Capt. Collins refused.

Gan rabhadh thosaigh an criú aisteach ag lámhach go borb ar an schoonar.

Without warning the strange crew began to shoot savagely upon the schooner.

Lámhaigh siad ceallraí gunna práis a bhí thar a bheith trom.

They shot a peculiarly heavy battery of brass cannon.

Léirigh na fir óna long spiorad troda, a deir an marthanóir.

The men from his ship showed fighting spirit, says the survivor.

Thosaigh an schooner ag dul faoi uisce ó urchair faoin líne uisce.

The schooner began to sink from shots beneath the waterline.

Ach d'éirigh leo dul ar bord a mbáid namhad.

But they managed to heave alongside their enemy boat, and board her.

Bhí siad ag streachailt leis an bhfoireann fhiáin ar dheic an luamh.

They grappled with the savage crew on the yacht's deck.

Bhí cuma aisteach chlúmhach ar a modh troda.

Their mode of fighting seemed to be strangely clumsy.

Ach ní cosúil gur rogha a bhí sa bhua ag na fir fhiáine seo.

But defeat did not seem to be an option for these savage men.

Bhí bealach troda thar a bheith gránna agus éadóchasach acu.

They had a particularly abhorrent and desperate way of fighting.

Mar sin ní raibh aon rogha acu ach gach fear ar long an namhad a mharú.

So they had no choice but to kill all men of the enemy ship.

Maraíodh triúr dá gcuid fear sa troid freisin.

Three of their men were also killed in the fight.

Bhí an Captaen Collins agus an Céad-Mháta Green i measc na marbh.

Capt. Collins and First Mate Green were among the dead.

Ghlac an Dara Mháta Johansen seilbh ar an smacht ón gCéad Mháta Green.

Second Mate Johansen took over control from First Mate Green.

Agus lean an t-ochtar fear eile ar aghaidh ag stiúradh an luamh gafa.

And the remaining eight men proceeded to navigate the captured yacht.

Lean siad orthu ag leanúint ar aghaidh sa treo bunaidh a raibh siad ag dul.

They proceeded to continue in the original direction they were going.

Le feiceáil an raibh aon chúis ann ar ordaíodh dóibh casadh timpeall.

To see if there had been any reason they were ordered to turn around.

***

**An lá dár gcionn, is cosúil, gur tháinig siad i dtír ar oileán
beag.**

The next day, it appears, they landed on a small island.

Cé nach bhfuil aon oileán ar eolas sa chuid sin den aigéan.

Although no island is known to exist in that part of the ocean.

**Fuair seisear de na fir bás ar an tír ar bhealach éigin agus iad
ar an oileán.**

Six of the men somehow died ashore while on the island.

Cé go bhfuil Johansen cúthail faoin gcuid seo dá scéal.

Though Johansen is queerly reticent about this part of his
story.

**Agus ní labhraíonn sé ach faoina dtitim i ndoimhneacht
charraige.**

And he speaks only of their falling into a rock chasm.

**Níos déanaí, is cosúil, chuaigh sé féin agus compánach
amháin ar bord an luamh.**

Later, it seems, he and one companion boarded the yacht.

**Le chéile rinne siad iarracht an long a sheoladh, gan mórán
foirne.**

Together they tried to sail the ship, undermanned.

Ach bhuail stoirm an 2 Aibreán iad.

But they were beaten about by the storm of April 2nd.

**Ón am sin go dtí gur tarrtháladh é ar an 12ú, is beag a
chuimhin leis an bhfear.**

From that time till his rescue on the 12th, the man remembers
little.

**Agus ní cuimhin leis fiú cathain a fuair William Briden, a
chomrádaí, bás.**

And he does not even recall when William Briden, his
companion, died.

**Ní fhéadfadh an t-uatóipse aon chúis shoiléir a nochtadh le
bás Briden.**

Autopsy could reveal no obvious cause to Briden's death.

Is é an chúis is dóichí le bás ná nochtadh do na heilimintí.

The most likely cause of death is exposure to the elements.

Thuairiscigh muintir Dunedin go raibh a mbád, an Alert, aitheanta go maith.

The Dunedin reported that their boat, the Alert, was well known.

Bhí drochchlú ar thrádálaithe an oileáin feadh an chladaigh.

The island traders bore an evil reputation along the waterfront.

Ba le grúpa fiosrach leathchasta an long.

The ship was owned by a curious group of half-castes.

Mheall cruinnithe minic agus turais oíche chuig na coillte fiosracht.

Frequent meetings and night trips to the woods attracted curiosity.

Bhí an long seolta go tapa ar an gcéad lá de Mhárta.

The ship had set sail in great haste on March 1st.

Díreach i ndiaidh na stoirme, agus chrith na talún an oíche sin.

Just after the storm, and the earth tremors that night.

Tugann ár gcomhfhreagraí in Auckland dea-cháil ar Emma.

Our Auckland correspondent gives the Emma excellent reputation.

Bhí meas mór ar chriú an Emma.

The Crew from the Emma were held very in high regard.

Agus déantar cur síos ar Johansen mar fhear stuama agus fiúntach.

And Johansen is described as a sober and worthy man.

Cuirfidh an aimiréalt fiosrúchán ar bun faoin ábhar ar fad.

The admiralty will institute an inquiry on the whole matter.

Ag tosú amárach baileoidh siad an fhaisnéis ábhartha go léir.

Starting tomorrow they will collect all relevant information.

Déanfar gach iarracht Johansen a spreagadh chun labhairt.

Every effort will be made to induce Johansen to speak.

Ba é seo agus an íomhá ifreannach an t-eolas go léir a bhí agam le leanúint ar aghaidh.

This and the hellish image were all the information I had to go on.

Ach a leithéid de shraith smaointe a thosaigh an beagán eolais sin i m'intinn!

But what a train of ideas that little information started in my mind!

Seo taiscí nua sonraí faoi Chult Cthulhu.

Here were new treasuries of data on the Cthulhu Cult.

Ní hamháin go raibh leasanna ag an sect ar thalamh.

The cult not only had interests on land.

Anois bhí fianaise ann go raibh baint acu leis an bhfarraige freisin.

Now there was evidence they also had connections to the sea.

Cén chúis a spreag an criú hibrideach chun an Emma a ordú ar ais?

What motive prompted the hybrid crew to order back the Emma?

Cén fáth ar sheol siad thart lena n-íodal gránna?

Why did they sail about with their hideous idol?

Cén oileán anaithnid ar ar bhásaigh seisear de chriú Emma?

What was the unknown island on which six of the Emma's crew had died?

Agus cén fáth a raibh Johansen chomh rúnda faoina mbás?

And why was Johansen so secretive about their death?

Cad a thug imscrúdú an leas-aimiréaltachta chun solais?

What had the vice-admiralty's investigation brought out?

Agus cad a bhí ar eolas faoin sect urchóideach i nDún Éideann?

And what was known of the noxious cult in Dunedin?

Ní fhéadfadh duine gan ionadh a bheith air faoi thráth na n-imeachtaí.

Nor could one help but marvel at the timing of the events.

Bhí nasc domhain agus níos mó ná nádúrtha idir na dátaí.

There was a deep and more than natural linkage between the dates.

Tábhacht mailíseach agus doshéanta anois a bhaineann leis na casadh éagsúla imeachtaí.

A malign and now undeniable significance to the various turns of events.

***

Bhí na himeachtaí ceangailteacha faoi deara go cúramach ag m'uncail.

My uncle had noted with great care the connecting events.

Ar an gcéad lá de Mhárta bhí an crith talún agus an stoirm tagtha.

On March 1st the earthquake and storm had come.

28 Feabhra, de réir na Líne Dáta Idirnáisiúnta.

February 28th, according to the International Date Line.

Ó Dhún Éideann, rith criú glórach an Alert amach go fonnmhar.

From Dunedin the noisome crew of the Alert darted eagerly forth.

Bhog siad amhail is dá mba rud é gur glaodh orthu go hordaitheach.

They moved as if they had been imperiously summoned.

Ar an taobh eile den domhan tharla na himeachtaí eile.

On the other side of the earth the other events unfolded.

Bhí tús curtha ag filí agus ag ealaíontóirí le brionglóidí aisteacha.

Poets and artists had begun to have their strange dreams.

Brionglóidí faoi chathair fhliuch Chioclópach ó aimsirí atá imithe i léig.

Dreams of a dank Cyclopean city from times long gone.

Chuir na brionglóidí seo ina luí ar dhealbhóir óg freisin.

A young sculptor was persuaded by these dreams too.

Ina chodladh mhúnlaigh sé cruth an Cthulhu uafásach.

In his sleep he molded the form of the dreaded Cthulhu.

Ar an 23 Márta, tháinig criú an Emma i dtír ar oileán anaithnid.

On March 23rd the crew of the Emma landed on an unknown island.

D'fhág siad seisear fear marbh ansin ar an oileán sin.

There on that island they left six men dead.

Ar an dáta sin tháinig beocht mhéadaithe i mbrionglóidí na bhfear íogair.
On that date the dreams of sensitive men assumed a heightened vividness.
Dorchaigh a n-aislingí le heagla roimh thóir mailíseach ollphéist ollmhór.
Their dreams darkened with dread of a giant monster's malign pursuit.
Chuaigh ailtire amháin ar mire óna bhrionglóidí an oíche sin.
One architect went mad from his dreams that night.
Agus bhí dealbhóir tite i mire go tobann!
And a sculptor had lapsed suddenly into delirium!
Agus ansin bhí stoirm an 2 Aibreán ann.
And then there was the storm of April 2nd.
An dáta ar a scoir gach aisling faoin gcathair thamh.
The date on which all dreams of the dank city ceased.
Tháinig Wilcox amach gan díobháil ó dhaoirse fiabhrais aisteach.
Wilcox emerged unharmed from the bondage of strange fever.
Agus bhí cuma gnáth ar gach rud arís.
And everything appeared to be normal again.
Ach cad faoi na leideanna a thug an sean-Castro?
But what about the hints old Castro had suggested?
Cad faoi na seanóirí báite, réalta-rugtha?
What about the sunken, star-born old ones?
Cad faoina bhfilleadh geallta agus an réimeas atá le teacht?
What about their promised return and coming reign?
Cad faoina gcult dílis agus a máistreacht ar bhrionglóidí?
What about their faithful cult and their mastery of dreams?
An raibh mé ar tí uafáis chosmacha a sheachaint?
Was I tottering on the brink of cosmic horrors?
Uafáis chosmacha i bhfad níos faide ná cumhacht an duine a sheasamh?
Cosmic horrors far beyond man's power to bear?
Más ea, ní foláir gur uafáis intinne amháin iad.
If so, they must be horrors of the mind alone.

Ar an dara lá d'Aibreán bhí suaimhneas comhordaithe ann
go tobann.
On the second of April there was sudden coordinated calm.
Bhí an bhagairt uafásach a chuir léigear ar anam an chine
dhaonna imithe.
The monstrous menace that sieged mankind's soul had
vanished.
An tráthnóna sin rinne mé na socruithe riachtanacha go léir
le haghaidh an taistil ar aghaidh.
That evening I made all necessary arrangements for onwards
travel.
D'fhág mé slán le m'óstach agus ghlac mé traein go San
Francisco.
I bade my host adieu and took a train for San Francisco.

***

I níos lú ná mí bhí mé i gcalafort Dhún Éideann.
In less than a month I was at the port of Dunedin.
Anseo, áfach, tháinig beagán bac ar mo fhiosrúchán.
Here, however, my investigation stumbled slightly.
D'fhiafraigh mé sna sean-tithe tábhairne farraige cá raibh na
fir tar éis fanacht.
I inquired in the old sea taverns where the men had lingered.
Ach ní raibh mórán eolais ar bhaill aisteacha an chulta.
But little was known of the strange cult members.
Bhí an screamh ar an gceantar uisce i bhfad ró-choitianta le
trácht speisialta a dhéanamh air.
Waterfront scum was far too common for special mention.
Ach bhí caint doiléir ann faoi thuras intíre amháin a rinne
na mongreil seo.
But there was vague talk about one inland trip these mongrels
had made.
Breathnaíodh drumadóireacht lag agus lasracha dearga ar na
cnoic i bhfad i gcéin.
Faint drumming and red flames were noted on the distant
hills.

**In Auckland níor fhoghlaim mé ach beagán níos mó faoi
Johansen.**
In Auckland I learned only a little more of Johansen.
Tugadh go Sydney é le haghaidh an imscrúdaithe.
He had been taken to Sydney for the investigation.
**Chuir ceistiú simplí agus neamhchinntitheach bán ar a
chuid gruaige.**
A perfunctory and inconclusive questioning turned his hair
white.
Ina dhiaidh sin dhíol sé a theachín i Sráid an Iarthair.
Thereafter he sold his cottage in West Street.
**Agus sheol sé lena bhean chéile go dtí a sheanbhaile in
Osló.**
And he sailed with his wife to his old home in Oslo.
Is léir gur spreag a thaithí go mór é.
His experience had clearly stirred him deeply.
**Ach ní inis sé dá chairde níos mó ná mar a dúirt sé le
hoifigigh an aimiréalta.**
But he told his friends no more than he had told the admiralty
officials.
**Agus ní raibh ar a gcumas ach a sheoladh in Osló a thabhairt
dom.**
And all they could do was to give me his Oslo address.
**Ina dhiaidh sin chuaigh mé go Sydney agus labhair mé gan
tairbhe le mairnéalaigh.**
After that I went to Sydney and talked profitlessly with
seamen.
**Ní raibh baill chúirt an leas-aimiréaltachta in ann eolas a
thabhairt dom ach an oiread.**
Members of the vice-admiralty court could not enlighten me
either.
**Rianaigh mé an Foláireamh síos go dtí Circular Quay i
Sydney Cove.**
I tracked the Alert down to Circular Quay in Sydney Cove.
Bhí an long díolta agus bhí sí in úsáid tráchtála arís.
The ship had been sold and was again in commercial use.

Ach ní raibh mé in ann a thuilleadh leideanna a fháil ó lasta na loinge.

But I could gain no further clues from the ship's cargo.

Caomhnaíodh an íomhá sa Mhúsaem i Hyde Park.

The image was preserved in the Museum at Hyde Park.

Ceann an chutail, corp an dragain, agus sciatháin scálaí.

The cuttlefish head, dragon body, and scaly wings.

An ollphéist ina luí ar bharr an pheideastail hieraglifí.

The monster crouching atop the hieroglyphed pedestal.

Rinne mé staidéar fada agus maith ar gach mionsonra den íodal.

I studied every detail of the idol long and well.

Ba rud ceardaíochta thar a bheith fíorálainn an iarsma.

The relic was a thing of balefully exquisite workmanship.

Ní raibh mé in ann gan an chosúlacht le heiseamal níos lú Legrasse a thabhairt faoi deara.

I couldn't help but notice the similarity to Legrasse's smaller specimen.

Bhí an rúndiamhair chéanna agus an t-ársa uafásach ag an dá íol.

Both idols had the same utter mystery and terrible antiquity.

Agus bhí an t-ábhar aisteach céanna ag an dá idol.

And both idols had the same unearthly strangeness of material.

Dúirt an coimeádaí liom gurbh é puzal ollmhór a bhí ann do gheolaithe.

Geologists, the curator told me, had found it a monstrous puzzle.

D'áitigh siad nach raibh aon charraig mar seo ar domhan.

They insisted that the world held no rock like this one.

Ansin smaoinigh mé le crith ar a raibh ráite ag an sean-Castro le Legrasse.

Then I thought with a shudder of what old Castro had told Legrasse.

Scéal na ndaoine móra bunaidh, báite faoin bhfarraige.

The tale of the primal great ones, sunken under the sea.

"Bhí siad tagtha ó na réaltaí."

"They had come from the stars."
"Bhí a n-íomhánna tugtha acu leo."
"They had brought their images with them."
Chroith réabhlóid mheabhrach mé nach raibh feicthe agam riamh cheana.
I was shaken with a mental revolution as I had never before known.
Bhí mé cinnte anois go hiomlán cuairt a thabhairt ar Mate Johansen in Osló.
I was now completely resolved to visit Mate Johansen in Oslo.
Ag seoladh go Londain, d'athbheoigh mé láithreach bonn go príomhchathair na hIorua.
Sailing for London, I re-embarked at once for the Norwegian capital.
Agus lá amháin san fhómhar tháinig mé i dtír ag na céanna.
And one autumn day I landed at the wharves.

***

Bhí baile dúchais Johansen i scáth an Egeberg.
Johansen's hometown was in the shadow of the Egeberg.
Fuair mé amach go raibh cónaí air i Seanbhaile an Rí Harold Haardrada.
I discovered he lived in the Old Town of King Harold Haardrada.
Ar feadh na gcéadta bliain bhí an chathair mhór ag ligean uirthi gur "Christiania" a bhí inti.
For centuries the greater city had masqueraded as "Christiania".
Choinnigh an Rí Harald Hardrada ainm Osló beo.
King Harald Hardrada kept alive the name of Oslo.
Rinne mé an turas gearr chuig a áit chónaithe i dtacsaí.
I made the brief trip to his residences by taxicab.
Foirgneamh néata agus ársa le tosaigh phlástráilte.
A neat and ancient building with plastered front.
Agus bhuail mé le croí buailte ar an doras.
And I knocked with palpitant heart at the door.

D'fhreagair bean bhrónach i ndubh mo ghairm.

A sad-faced woman in black answered my summons.

Ghabh an radharc croí díomá orm.

I was stung with disappointment at the sight.

Dúirt sí liom i mBéarla stadach nach raibh Gustaf Johansen ann níos mó.

She told me in halting English that Gustaf Johansen was no more.

Níorbh fhada gur mhair sé tar éis filleadh, a dúirt a bhean chéile.

He had not long survived his return, said his wife.

Bhí na gníomhartha ar muir i 1925 tar éis briseadh air.

The doings at sea in 1925 had broken him.

Ní raibh níos mó ráite aige léi ná mar a bhí ráite aige leis an bpobal.

He had told her no more than he had told the public.

Ach bhí lámhscríbhinn fhada de "chúrsaí teicniúla" fágtha aige.

But he had left a long manuscript of "technical matters".

Bhí na nótaí seo den turas scríofa i mBéarla.

These notes of the voyage had been written in English.

Is léir chun í a chosaint ó chontúirt scrúdú ócáideach.

Evidently in order to safeguard her from the peril of casual perusal.

Bhí sé imithe ag siúl trí lána chúng in aice le duga Göteborg.

He had gone for a walk through a narrow lane near the Gothenburg dock.

Bhí carn páipéar ag titim as fuinneog áiléir tar éis é a leagan.

A bundle of papers falling from an attic window had knocked him down.

Chabhraigh beirt mhairnéalach Lascar leis teacht ar a chosa láithreach.

Two Lascar sailors at once helped him to his feet.

Ach sula raibh an t-otharcharr in ann teacht air bhí sé marbh.

But before the ambulance could reach him he was dead.

Ní bhfuair na lianna aon chúis leordhóthanach lena bhás.

The physicians found no adequate cause for his death.

Chuir siad a bhás i leith trioblóide croí den chuid is mó.

They mostly attributed his death to heart trouble.

Ach chuir siad leis gur dóichí gur chuir a bhunreacht lag leis.

But they added his weakened constitution most likely contributed.

Bhraith mé cnag domhain ar mo chroílár anois.

I now felt a deep gnawing at my vitals.

Uafás dorcha nach n-imeoidh uaim go dtí go mbeidh mé féin i suaimhneas freisin.

A dark terror which will never leave me till I, too, am at rest.

An dtiocfaidh mo bhás "de thaisme" nó nach dtiocfaidh, ní féidir liom a rá.

Whether my death will come "accidentally" or not I can't tell.

Labhair mé leis an mbaintreach faoi obair a fir chéile.

I spoke to the widow about her husband's work.

Agus chuir mé ina luí uirthi go raibh nasc "teicniúil" agam leis.

And I persuaded her I had a "technical" connection to him.

Mar sin, cheap sí go raibh teideal leordhóthanach agam ar an lámhscríbhinn.

So she felt I was sufficiently entitled to the manuscript.

Agus mar sin fuair mé scríbhneoireacht an fhir mhairbh.

And so I attained the dead man's writing.

Thosaigh mé ag léamh na ndoiciméad ar an mbád go Londain.

I began to read the documents on the boat to London.

Ní raibh iontu ach nótaí simplí, gan chiall.

They were little more than simple, rambling notes.

Iarracht mairnéalach saonta ar dhialann iarbhunscoile.

A naive sailor's effort at a post-facto diary.

Rinne sé iarracht an turas uafásach deireanach sin a thabhairt chun cuimhne lá i ndiaidh lae.

He strove to recall that last awful voyage day by day.

Ní féidir liom iarracht a dhéanamh a nótaí a thras-scríobh focal ar fhocal.

I cannot attempt to transcribe his notes verbatim.

Tá an lámhscríbhinn ceoach le doiléire agus iomarcaíocht.
The manuscript is clouded with vagueness and redundance.
Ach inseoidh mé croílár a scríobh sé.
But I will tell the gist of what he wrote.
B'fhéidir go dtuigfidh tú ansin cén fáth ar líon mé mo chluasa le cadás.
Perhaps then you will understand why I stuffed my ears with cotton.
Níorbh fhéidir fuaim an uisce i gcoinne thaobhanna an tsoithigh a fhulaingt.
The sound of the water against the vessel's sides became unendurable.

***

Buíochas le Dia, ní raibh a fhios ag Johansen go díreach cad a chonaic sé.
Johansen, thank God, did not quite know what he had seen.
Ach is léir go raibh an chathair agus an Rud feicthe aige.
But it is evident he had seen the city and the Thing.
Ní chodladh mé go socair arís choíche nuair a smaoiním ar na huafáis.
I shall never sleep calmly again when I think of the horrors.
Na huafáis a bhíonn i bhfolach gan stad taobh thiar den saol in am agus i spás.
The horrors that lurk ceaselessly behind life in time and space.
Na blaisféimí neamhnaofa sin a thagann ó réaltaí níos sine.
Those unhallowed blasphemies that come from elder stars.
Brionglóidí faoin bhfarraige nach bhfuil aithne orthu ach ag cult tromluí.
Dreamers beneath the sea known only by a nightmare cult.
Cult réidh agus fonnmhar na harrachtaigh seo a scaoileadh saor sa domhan.
A cult ready and eager to release these monsters into the world.
Aon uair a chrith talún eile ardaíonn a gcathair chloiche ollmhór arís.

Whenever another earthquake raises their monstrous stone city again.

Nuair a bhíonn Cthulhu faoi sholas na gréine arís.

When Cthulhu is under the light of the sun once more.

Bhí turas Johansen tosaithe díreach mar a dúirt sé leis an leas-aimiréaltacht.

Johansen's voyage had begun just as he told it to the vice-admiralty.

Bhí an Emma, i mballaiste, tar éis dul thar Auckland ar an 20 Feabhra.

The Emma, in ballast, had cleared Auckland on February 20th.

Bhraith an long lánfhórsa na stoirme sin a rugadh de bharr an chrith talún.

The ship had felt the full force of that earthquake-born tempest.

Na huafáis ó ghrinneall na farraige a líon aislingí na bhfear.

The horrors from the sea-bottom that filled men's dreams.

Nuair a bhí sí faoi smacht arís bhí an long ag déanamh dul chun cinn maith.

Once under control again the ship was making good progress.

Ach ansin chuir an Foláireamh bac ar an long ar an 22 Márta.

But then the ship was held up by the Alert on March 22nd.

Bhraith mé aiféala an chéile agus é ag scríobh faoina buamáil agus faoina bá.

I could feel the mate's regret as he wrote of her bombardment and sinking.

Faoi na deamhain chultúir dorcha ar an mbád eile labhraíonn sé le huafás.

Of the swarthy cult-fiends on the other boat he speaks with horror.

Bhí cáilíocht ghránna éigin thar a bheith iontu.

There was some peculiarly abominable quality about them.

Chuir rud éigin iontas ar a scriosadh mar dhualgas beagnach.

Something made their destruction seem almost a duty.

Tógadh an pointe seo aníos le linn imeachtaí na cúirte fiosrúcháin.

This point was brought up during the proceedings of the court of inquiry.

Léiríonn Johansen iontas neamhchiontach faoin líomhain cruálacht.

Johansen shows ingenuous wonder at the accusation of ruthlessness.

Is í an fiosracht a spreag na fir ar aghaidh ina luamh gafa.

Curiosity is what drove the men on in their captured yacht.

Ag gobadh amach as an bhfarraige chonaic na fir colún mór cloiche.

Sticking out of the sea the men sighted a great stone pillar.

I nDomhanleithead Theas 47° 9', Domhanfhad Thiar 126° 43' tagann siad ar chósta.

In South Latitude 47° 9', West Longitude 126° 43' they come upon a coastline.

Bhí an cósta déanta as meascán de láib, sreabhán, agus saoirseacht Chiclipeach fiailí.

The coastline was of mingled mud, ooze, and weedy Cyclopean masonry.

Ní haon rud níos lú ná substaint inláimhsithe uafásach an domhain.

Nothing less than the tangible substance of earth's supreme terror.

Bhí siad tagtha trasna ar chathair na gcorp, R'lyeh, atá ina tromluí.

They had come across the nightmare corpse-city of R'lyeh.

Cathair a tógadh i mílte bliain taobh thiar den stair.

A city built in measureless eons behind history.

Séadchomharthaí do chruthanna ollmhóra gránna a shil síos ó na réaltaí dorcha.

Monuments to vast loathsome shapes that seeped down from the dark stars.

Ansin luigh an Cthulhu mór agus a shluaite ar feadh timthriallta dochreidte.

There lay great Cthulhu and his hordes for incalculable cycles.

I bhfolach i cruinneacháin shleamhain ghlasa, chuir siad a gcuid smaointe amach.

Hidden in green slimy vaults, they sent out their thoughts.
Na smaointe a scaipeann eagla ar bhrionglóidí na ndaoine íogaire.
The thoughts that spread fear to the dreams of the sensitive.
Na smaointe a ghlaoigh go hordúil ar na dílse.
The thoughts that called imperiously to the faithful.
"Tar ar oilithreacht saoirse agus athchóirithe."
"Come on a pilgrimage of liberation and restoration."
Ní raibh aon bhealach ag Johansen amhras a bheith aige faoin uafás seo ar fad.
All this horror Johansen had no way of suspecting.
Ach tá a fhios ag Dia go raibh go leor feicthe aige go luath!
But God knows he had soon seen enough!
Is dóigh liom nach raibh iontu ach barr sléibhe amháin.
I suppose what they saw was only a single mountain-top.
Go gairid ina dhiaidh sin tháinig an chuid eile den chathair amach as na huiscí.
Soon the rest of the city emerged from the waters.
An dúnfort gránna le coróin mhonaliteach inar adhlacadh an Cthulhu mór.
The hideous monolith-crowned citadel where great Cthulhu was buried.
Cuireann sé uafás orm smaoineamh ar gach a bhfuil ag goradh thíos ansin.
I shudder to think of all that may be brooding down there.
Agus is beag nach mian liom mé féin a mharú chun na smaointe seo a stopadh.
And I almost wish to kill myself to stop these thoughts.

***

Bhí Johansen agus a chuid fear faoi dhraíocht ag maorga an chosma.
Johansen and his men were awed by the cosmic majesty.
Chonaic siad radharc na Bablóine seo a bhí ag sileadh de dheamhain shinsearacha.

They beheld the sight of this dripping Babylon of elder
demons.

**Caithfidh gur buille faoi thuairim a bhí acu gan treoir cad a
chonaic siad.**

They must have guessed without guidance what it was they
saw.

**Ní raibh aon rud den rud seo ná d'aon phláinéad céillí a
chonaic siad.**

What they saw was nothing of this or of any sane planet.

Méid dochreidte na mbloc cloiche glasa.

The unbelievable size of the greenish stone blocks.

Airde meadhránach an mhonalith mhóir snoite.

The dizzying height of the great carven monolith.

**Agus ansin bhí na faoisimh bhun a fuarthas ar an long a
gabhadh.**

And then there was the bas-reliefs found on the captured ship.

Léirigh na dealbha ollmhóra an radharc ar na greantaí.

The colossal statues mirrored the scene on the carvings.

**Bhain Johansen rud éigin amach a bhí an-chosúil le
todhchaíochas.**

Johansen achieved something very close to futurism.

Mar nár chuir sé síos ar aon struchtúr ná foirgneamh cinnte.

Because he did not describe any definite structure or building.

**Rinne sé machnamh ar na tuiscintí leathana ar uillinneacha
fairsinge agus ar dhromchlaí cloiche.**

He dwelled on the broad impressions of vast angles and stone
surfaces.

**Dromchlaí ró-mhór le bheith bainteach le haon rud atá ceart
nó cuí don domhan seo.**

Surfaces too great to belong to anything right or proper for
this earth.

Dromchlaí mídhílis le híomhánna uafásacha agus hieroglifí.

Surfaces impious with horrible images and hieroglyphs.

Tá cúis ann go luaim a chaint faoi uillinneacha.

There is a reason I mention his talk about angles.

**Cuireann sé rud éigin i gcuimhne dom a dúirt Wilcox liom
faoina bhrionglóidí uafásacha.**

It reminds me of something Wilcox had told me of his awful dreams.

Dúirt sé go raibh geoiméadracht na háite aislingí a chonaic sé neamhghnách.

He had said that the geometry of the dream-place he saw was abnormal.

Sféir neamh-Eoiclídeacha nach bhfuil cosúil le haon rud anseo ar domhan.

Non-Euclidean spheres unlike anything here on earth.

Toisí thar a bheith cumtha go hiomlán difriúil lenár gcuid féin.

Loathsomely redolent dimensions completely unlike ours.

Anois bhí mairnéalach ag cur síos ar an rud céanna.

Now a seaman was describing the exact same thing.

Bhraith an beirt acu an léargas uafásach céanna ar an réaltacht seo.

They bad both had the same terrible glimpse of this reality.

Tháinig Johansen agus a chuid fear i dtír ar bhruach láibe claonta.

Johansen and his men landed at a sloping mud-bank.

Agus d'fhéach siad suas ar an Acropolis ollmhór seo.

And they looked up at this monstrous Acropolis.

Dhreap siad go sleamhain suas thar bhloic shleamhain tíotáiniam.

They clambered slippery up over titan oozy blocks.

Bloic nárbh fhéidir a bheith ina staighre marfach.

Blocks which could have been no mortal staircase.

Bhí cuma shaobhadh ar ghrian na bhflaitheas féin sa cheo seo.

The very sun of heaven seemed distorted in this mist.

Miasma polaraitheach ag teacht amach as an gclaonadh seo atá báite sa bhfarraige.

A polarizing miasma welling out from this sea-soaked perversion.

Bhí bagairt agus teannas casta i bhfolach sna carraigeacha doiléire sin.

Twisted menace and suspense lurked in those elusive rocks.

Léirigh an dara súil cuasacht áit a léirigh an chéad súil dhromchasacht.

A second glance showed concavity where the first showed convexity.

Bhí rud éigin an-chosúil le heagla tar éis teacht ar na taiscéalaithe go léir.

Something very like fright had come over all the explorers.

Bheadh gach fear teitheadh mura mbeadh eagla air roimh mhaslú na ndaoine eile.

Each man would have fled had he not feared the scorn of the others.

Agus ní raibh ann ach leathchroíoch a rinne siad cuardach gan tairbhe.

And it was only half-heartedly that they vainly searched.

Bhí siad ag lorg cuimhneacháin iniompartha le tabhairt leo.

They were looking for some portable souvenir to bear away.

Ba é Rodriguez, an Portaingéalach, a dhreap suas bun an mhonalith.

It was Rodriguez, the Portuguese, who climbed up the foot of the monolith.

Ón áit sin scairt sé faoi na rudaí a fuair sé.

From there he shouted of what he had found.

Lean an chuid eile é go bun an mhonalith.

The rest followed him to the foot of the monolith.

D'fhéach siad go fiosrach ar an doras ollmhór os a gcomhair.

They looked curiously at the immense door in front of them.

Bhí an dragan scuid, atá aithnid anois, snoite ar an doras.

The now familiar squid-dragon was carved on the door.

Bhí sé, a dúirt Johansen, cosúil le doras mór sciobóil.

It was, Johansen said, like a great barn-door.

Cé gur dúirt siad nach raibh ann ach cuma dorais.

Although they said it only gave the impression of a door.

Ní raibh siad in ann a chinneadh an raibh an doras cothrom cosúil le doras gaiste.

They could not decide if the door lay flat like a trap-door.

Nó b'fhéidir go raibh an oscailt claonta cosúil le doras íoslaigh lasmuigh.

Or maybe the opening was slanted like an outside cellar-door.

Mar a déarfadh Wilcox, bhí geoiméadracht na háite go hiomlán mícheart.

As Wilcox would have said, the geometry of the place was all wrong.

Ní fhéadfaí a bheith cinnte go raibh an fharraige agus an talamh cothrománach.

One could not be sure that the sea and the ground were horizontal.

Dá bhrí sin, bhí an chuma ar an scéal go raibh suíomh coibhneasta gach rud eile thar a bheith athraitheach.

Hence the relative position of everything else seemed phantasmally variable.

Bhrúigh Briden an chloch i roinnt áiteanna, ach níor éirigh leis.

Briden pushed at the stone in several places, without result.

Ansin bhraith Donovan go réidh timpeall imeall an dorais.

Then Donovan felt delicately over around the edge of the door.

Dhreap sé gan stad feadh an mhúnla cloiche gránna.

He climbed interminably along the grotesque stone molding.

Cé go bhfuil sé ina ábhar díospóireachta dá bhféadfá dreapadóireacht a thabhairt air i ndáiríre.

Although, if you could really call it climbing is debatable.

B'fhéidir go raibh an doras níos cothrománach ná ingearach.

Perhaps the door was more horizontal than vertical.

Agus bhí iontas ar na fir conas a d'fhéadfadh aon doras sa chruinne a bheith chomh fairsing sin.

And the men wondered how any door in the universe could be so vast.

Ansin, go han-bhog agus go mall, thosaigh rud éigin ag tarlú.

Then, very softly and slowly, something began to happen.

Thosaigh an painéal mór-acra ag géilleadh isteach ag an mbarr.

The acre-great panel began to give inward at the top.

Agus chonaic siad go raibh an doras tar éis é féin a chothromú.

And they saw that the door had balanced itself.

***

Ar bhealach éigin, d'éirigh le Donovan é féin a bhrú ar ais feadh an ursain.

Donovan somehow propelled himself back along the jamb.

Agus d'fhéach gach duine ar chúlú aisteach an tairsí snoite go ollphéist.

And everyone watched the queer recession of the monstrously carven portal.

Sa fantaisíocht seo de shaobhadh prismasach bhog sé go neamhghnách ar bhealach trasnánach.

In this fantasy of prismatic distortion it moved anomalously in a diagonal way.

Bhí cuma mearbhall ar gach ceann de na rialacha ábhair agus peirspictíochta.

All the rules of matter and perspective seemed confused.

Bhí an cró dubh le dorchadas beagnach ábhartha.

The aperture was black with a darkness almost material.

Ba cháilíocht dhearfach í an teannas sin gan dabht.

That tenebrousness was indeed a positive quality.

Níorbh fhéidir leis na fir na ballaí istigh a fheiceáil.

The men were spared from seeing the inner walls.

Phléasc an dorchadas amach cosúil le deatach óna phríosúnacht síoraí.

The darkness burst forth like smoke from its eon-long imprisonment.

Bhí an ghrian dorcha go soiléir ag sciatháin membranous a bhí ag bualadh.

The sun was visibly darkened by flapping membranous wings.

Agus shleamhnaigh an scáth ar shiúl isteach sa spéir chraptha agus gharbh.

And the shadow slunk away into the shrunken and gibbous sky.

Bhí an boladh a bhí ag teacht ó na doimhneachtaí nua-oscailte dofhulaingthe.

The odor arising from the newly opened depths was intolerable.

Cheap Hawkins, a raibh cluas ghasta aige, gur chuala sé fuaim ghránna, slopach.

The quick-eared Hawkins thought he heard a nasty, slopping sound.

Deimhníodh a chluasa nuair a tháinig sé go slobberly i radharc.

His ears were confirmed when It lumbered slobberingly into sight.

Bhí a fairsinge ghlas geilitíneach ag greamadh tríd an halla dubh.

Its gelatinous green immensity groped through the black hall.

Agus a shú isteach agus a bholadh brúite tríd an doras uilleach.

And Its ooze and smell squeezed through the angled door.

Chuaigh an Rud isteach san aer truaillithe sa chathair nimhiúil sin den mire.

The Thing went into the tainted air of that poison city of madness.

Beagnach gur chaill lámhscríbhneoireacht an bhocht Johansen a smál nuair a scríobh sé faoi seo.

Poor Johansen's handwriting almost gave out when he wrote of this.

Ceapann sé gur bhásaigh beirt fhear de heagla íon sa nóiméad mallaithe sin.

He thinks two men perished of pure fright in that accursed instant.

Ní féidir an Rud a chur síos lenár dteanga.

The Thing cannot be described with our language.

Níl aon fhocail ann do dhúichí chomh screadaíl agus den ghealtacht ó chian.

There are no words for such abysms of shrieking and immemorial lunacy.

Contrárthachtaí Eldritch i ngach ábhar, fórsa, agus ord cosmach.

Eldritch contradictions of all matter, force, and cosmic order.

Sliabh a shiúil agus a thit ar an talamh. A Dhia!

A mountain that walked and stumbled on the earth. God!

Ní haon ionadh gur chuaigh ailtire mór ar mire ar fud an domhain.

No wonder that across the earth a great architect went mad.

Ní haon ionadh gur rith fiabhras ar an mbocht Wilcox an nóiméad teileapatach sin.

No wonder poor Wilcox raved with fever in that telepathic instant.

Bhí sceith ghlas, ghreamaitheach na réaltaí ag siúl an domhain.

The green, sticky spawn of the stars, was walking the earth.

Bhí Rud na n-íol dúisithe chun a chuid féin a éileamh.

The Thing of the idols had awaked to claim his own.

Bhí na réaltaí ailínithe arís, mar a tuaradh.

The stars were aligned again, as was predicted.

Bhí teipthe ar sheand-chult ina ndualgais.

An age-old cult had failed in their duties.

Agus chomhlíon grúpa mairnéalach neamhchiontach a ról trí thimpiste.

And a band of innocent sailors fulfilled their role by accident.

Tar éis na billiúin bliain, bhí an Cthulhu mór scaoilte saor arís.

After vigintillions of years great Cthulhu was loose again.

Agus anois bhí an Cthulhu mór ag fonn mór le háthas.

And now great Cthulhu was ravening for delight.

Scuab na crúba scaoilte triúr fear suas sular chas aon duine.

Three men were swept up by the flabby claws before anybody turned.

Go raibh suaimhneas Dé orthu, má tá aon suaimhneas ar domhan.

God rest them, if there be any rest in the universe.

**Bíodh a fhios agat gurbh iad Donovan, Guerrera agus
Angstrom a n-ainmneacha.**

Let it be known that their names were Donovan, Guerrera and
Angstrom.

Shleamhnaigh Parker agus é ag iarraidh éalú.

Parker slipped as he was trying to make his escape.

Bhí an triúr eile ag léim ar ais go dtí an bád go fiáin.

The other three were plunging frenziedly back to the boat.

Rith siad thar radharcanna gan teorainn de charraig ghlas.

They ran over endless vistas of green-crusted rock.

**Mionnaíonn Johansen gur shlogadh é ag uillinn
saoirseachta.**

Johansen swears he was swallowed up by an angle of
masonry.

Uillinn nár cheart a bheith ann.

An angle which shouldn't have been there.

Uillinn a bhí géar, ach a iompraigh amhail is dá mba maol í.

An angle which was acute, but behaved as if it were obtuse.

Níor éirigh ach le Briden agus Johansen filleadh ar an mbád.

Only Briden and Johansen made it back to the boat.

Bhí nóiméad ádhúil ag an mbeirt fhear.

The two men had a moment of good fortune.

Thit an ollphéist sléibhtiúil anuas ar na clocha sleamhain.

The mountainous monstrosity flopped down on the slimy
stones.

Agus leisce ar an mbeist ag streachailt ar imeall an uisce.

And the beast hesitated floundering at the edge of the water.

Ní raibh an bád gaile rith as gual te go hiomlán.

The steam boat had not entirely run out of hot coals.

In ainneoin imeacht na bhfear go léir don chladaigh.

Despite the departure of all men for the shore.

Go fiabhrasach rith an bheirt fhear suas agus síos idir rothaí.

Feverishly the two men rushed up and down between wheels.

Ní raibh ann ach cúpla nóiméad an t-inneall a chur ag obair.

It was the work of only a few moments to get the engine
going.

I measc uafáis shaobhtha an radhairc dothuigthe sin.

Amidst the distorted horrors of that indescribable scene.

De réir a chéile thosaigh a mbád ag corraí na n-uiscí marfacha faoina bun.

Slowly their boat began to churn the lethal waters beneath her.

Agus bhog siad feadh chloiche an chladaigh charnel sin.

And they moved along the masonry of that charnel shore.

An cósta aisteach sin nárbh den saol seo é.

That strange coastline that was not from this world.

***

Bhí an Tíotán Rud ó na réaltaí ag sclábhaíocht agus ag gabhair.

The titan Thing from the stars slavered and gibbered.

Cosúil le Polaiféim ag mallacht long Oidiséas atá ag teitheadh.

Like Polypheme cursing the fleeing ship of Odysseus.

Ansin shleamhnaigh an Cthulhu mór go ramhar isteach san uisce.

Then great Cthulhu slid greasily into the water.

Níos dána agus níos dána ná an Cioclóp clúiteach.

Bolder and more daring than the storied Cyclops.

Lean Cthulhu iad tríd an uisce le gluaiseacht chosmach.

Cthulhu pursued them through the water with cosmic movement.

D'fhéach Briden siar ón long agus thosaigh sí ag gáire go géar.

Briden looked back from the ship and started laughing shrilly.

Ón nóiméad sin ar aghaidh, lean Briden ag gáire ó am go ham.

From that moment Briden continued laughing at odd intervals.

Ach ní raibh Johansen tar éis éirí as go fóill.

But Johansen had not given up yet.

Bhí a fhios aige nach raibh aon seans ag a long an rud a shárú.

He knew his ship had no chance of outpacing the thing.

Mar sin shocraigh sé seans éadóchasach a ghlacadh.

So he resolved on taking a desperate chance.

Luchtaigh sé an foirnéis agus shocraigh sé an t-inneall ar lánluas.

He loaded the furnace and set the engine for full speed.

Agus ansin rith sé cosúil le tintreach ar an deic agus d'iompaigh sé an roth.

And then he ran lightning-like on deck and reversed the wheel.

Bhí corraíl agus cúr mór sa sáile torannach.

There was a mighty eddying and foaming in the noisome brine.

D'ardaigh an gal níos airde agus níos airde sa spéir.

The steam mounted higher and higher into the sky.

Agus d'athraigh an Norwegian cróga cúrsa an ruaig.

And the brave Norwegian reversed the course of the chase.

Os a chomhair d'ardaigh an cúr neamhghlan cosúil le deireadh gaileoin deamhain.

Before him rose the unclean froth like the stern of a demon galleon.

Thiomáin sé a shoitheach ceann ar cheann i gcoinne an ghlóthaigh a bhí á leanúint.

He drove his vessel head on against the pursuing jelly.

Tháinig an ceann uafásach scuide beagnach suas go dtí bogha-sprit an luamh.

The awful squid-head came nearly up to the yacht's bowsprit.

Ach lean Johansen ar aghaidh gan stad in aghaidh na mbrathadóirí a bhí ag lúbadh.

But Johansen drove on relentlessly against the writhing feelers.

Bhí pléascadh ann amhail is dá mba lamhnán ag pléascadh.

There was a bursting as of an exploding bladder.

Bhí boladh gránna ann mar a bheadh iasc gréine scoilte.

There was a slushy nastiness as of a cloven sunfish.

Bhí boladh míle uaigh oscailte ann.

There was a stench as of a thousand opened graves.

Agus bhí fuaim ann nár chuir an croinicí ar pháipéar.

And there was a sound the chronicler did not put on paper.
Ar feadh nóiméid, bhí an long clúdaithe le scamall searbh.
For an instant the ship was befouled by an acrid cloud.
Chuir an scamall glas dall ar Johansen agus ar an bhfear buile.
The green cloud blinded Johansen and the mad man.
Agus ansin ní raibh ann ach cúl báire nimhiúil.
And then there was only a venomous seething astern.
Ach Dia ar neamh! An rud a chonaic an bheirt fhear ina dhiaidh sin;
But God in heaven! What the two men saw next;
Plaisteach scaipthe an ghiniúna spéire gan ainm sin.
The scattered plasticity of that nameless sky-spawn.
Bhí an rud gortaithe ag athcheangail go doiléir.
The injured thing was nebulously recombining.
Go luath bheadh Cthulhu ar ais ina fhoirm bhunaidh fuathúil.
Soon Cthulhu would be back in its hateful original form.
Ach bhí an fad eatarthu ag leathnú le gach soicind.
But their distance was widening with every second.
Bhí an long ag fáil níos mó fuinnimh óna gaile ag méadú.
The ship was gaining impetus from its mounting steam.
Agus sa deireadh bhí an chathair mallaithe thar an léaslíne.
And eventually the cursed city was over the horizon.

***

Ní dhearna sé iarracht nascleanúint a dhéanamh i ndiaidh a n-éalaithe ádhúil.
He did not try to navigate after their lucky escape.
Bhí a imoibriú tar éis rud éigin a bhaint as a anam.
His reaction had taken something out of his soul.
Chaith sé a chuid ama ag machnamh ar an íodal sa chábán.
He spent his time brooding over the idol in the cabin.
Thug sé aire don mhaniac gáire sa bhád.
He looked after the laughing maniac in the boat.
Agus thug sé aire do chúpla rud ar nós bia.

And he attended to a few matters such as food.

Ansin tháinig stoirm an 2 Aibreán.

Then came the storm of April 2nd.

An lá sin bhailigh scamaill thar a choinsias.

On that day clouds gathered over his consciousness.

Tá mothú delirium íon agus scagtha ann.

There is a sense of pure and refined delirium.

Casadh speictreach trí chúinní leachtacha na héigríochta.

Spectral whirling through liquid gulfs of infinity.

Turais mheadhránacha trí chruinne ag casadh ar eireaball cóiméid.

Dizzying rides through reeling universes on a comet's tail.

Tumthaí histéireacha ón bpoll go dtí an ghealach.

Hysterical plunges from the pit to the moon.

Agus phléasc sé ar ais arís ón ngealach go dtí an poll.

And he plunged back again from the moon to the pit.

Cór corraitheach de na déithe sinsearacha saobhtha, greannmhara.

A cachinnating chorus of the distorted, hilarious elder gods.

Agus na himpeanna magúla glasa sciathánacha ialtóige ó Tartarus.

And the green bat-winged mocking imps of Tartarus.

As an aisling sin a tháinig tarrtháil; an long Vigilant.

Out of that dream came rescue; the ship Vigilant.

Cúirt an Leas-Aimiréaltachta agus sráideanna Dhún Éideann.

The vice-admiralty court and the streets of Dunedin.

An turas fada ar ais abhaile go dtí an seanteach cois Egeberg.

The long voyage back home to the old house by the Egeberg.

Ní fhéadfadh sé a insint d'aon duine cad a chonaic sé.

He could not tell anyone of what he had seen.

Dá ndéarfadh sé an fhírinne, shílfidís go raibh sé imithe ar mire.

Had he told the truth they would have thought he had gone mad.

Mar sin scríobh sé i ngan fhios dó faoina raibh ar eolas aige roimh theacht an bháis.

So he secretly wrote of what he knew before death came.

"Bheadh an bás ina bhuntáiste dá bhféadfadh sé na cuimhní cinn a scriosadh."

"Death would be a boon if only it could blot out the memories."

Sin an doiciméad a d'fhág Johansen ina dhiaidh.

That was the document Johansen left behind.

Agus anois tá an doiciméad seo curtha agam sa bhosca stáin.

And now I have placed this document in the tin box.

Sa bhosca tá an bas-faoiseamh snoite den aisling freisin.

In the box is also the dream carved bas-relief.

Agus tá páipéir an Ollaimh Angell curtha san áireamh agam.

And I have included the papers of Professor Angell.

Leis an mbosca seo rachaidh an taifead seo de mo chuid.

With this box shall go this record of mine.

Tá na nótaí seo ina dtástáil ar mo mheabhair féin.

These notes have become a test of my own sanity.

Ach tá súil agam nach gcuirfear mo chuid fionnachtana le chéile arís choíche.

But I hope my discoveries are never be pieced together again.

D'fhéach mé ar gach a bhfuil le rá ag an gcruinne mar gheall ar uafás.

I have looked upon all that the universe has to hold of horror.

Ach anois is dorchadas domsa fiú spéartha an earraigh.

But now even the skies of spring are darkness to me.

Is nimh domsa go deo fiú bláthanna an tsamhraidh.

Even the flowers of summer are forever poison to me.

Ach ní dóigh liom go mbeidh mo shaol i bhfad.

But I do not think my life will be long.

Mar a d'imigh m'uncail, is amhlaidh a thiocfaidh mo dheireadh.

As my uncle went, so shall my end come.

Mar a chuaigh an bocht Johansen, tiocfaidh mo chuid ama.

As poor Johansen went, so shall my time come.

Tá an iomarca eolais agam, agus tá an cult fós beo.

I know too much, and the cult still lives.

Tá Cthulhu fós beo freisin, ní féidir liom ach a bheith ag súil leis.

Cthulhu still lives, too, I can only suppose.

Is dóigh liom go bhfuil Cthulhu arís sa bhearna chloiche sin.

I assume Cthulhu is again in that chasm of stone.

An chathair a thug cosaint dó ó bhí an ghrian óg.

The city which has shielded him since the sun was young.

Tá a fhios agam go bhfuil a chathair mallaithe báite arís.

I know his accursed city is sunken once more.

Sheol criú an Vigilant thar an láthair i ndiaidh stoirme mhí Aibreáin.

The crew of the Vigilant sailed over the spot after the April storm.

Ach tá a airí ar talamh fós ag adhradh a fhilleadh.

But his ministers on earth still worship his return.

In áiteanna uaigneacha bailíonn siad timpeall a n-idol.

In lonely places they congregate around their idol.

Agus béicíl agus preabann agus maraíonn siad i deasghnáth satánach.

And they bellow and prance and slay in satanic ritual.

Caithfidh gur gabhadh é ag dul faoi uisce a dhúiche dhuibh.

He must have been trapped by the sinking of his black abyss.

Nó bheadh an domhan ag béicíl le heagla agus le buile faoin am seo.

Or else the world would by now be screaming with fright and frenzy.

Cé a fhios conas a thiocfaidh an deireadh?

Who knows how the end will come about?

An rud atá ardaithe, féadfaidh sé dul faoi, agus an rud atá titeann, féadfaidh sé éirí.

What has risen may sink, and what has sunk may rise.

Fanann gráine agus brionglóidíonn sí sa doimhneacht.

Loathsomeness waits and dreams in the deep.

Agus scaipeann an lobhadh thar chathracha na bhfear atá ag creathadh.

And decay spreads over the tottering cities of men.

Tiocfaidh am a n-éireoidh an chathair sin amach as an bhfarraige arís.

A time will come where that city rises out the sea again.

Ach ní mór dom gan smaoineamh ar cathain a thiocfaidh an lá sin!

But I must not think about when that day will come!

Tá paidir amháin agam má mhairfidh an lámhscríbhinn seo níos faide ná mise.

I have one prayer if this manuscript outlives me.

Guím go gcuirfidh mo sheiceadóirí rabhadh roimh dhánaíocht.

I pray my executors put caution before audacity.

Guím nach mbuaileann aon duine eile an lámhscríbhinn seo.

I pray this manuscript meets no other eyes.

***

Aimsithe i measc pháipéir an fhir nach maireann Francis Wayland Thurston, as Boston.

Found among the papers of the late Francis Wayland Thurston, of Boston.

www.tranzlaty.com